LOS ÁSPIDES DE CLEOPATRA

Francisco Rojas Zorrilla

CLEOPATRA
LÉPIDO
IRENE
UNA MUJER
MARCO ANTONIO
LELIO, viejo
CAIMÁN, gracioso
UN SARGENTO
OCTAVIANO
OCTAVIO
LIBIA, criada
MÚSICOS

JORNADA PRIMERA

Salen IRENE y LÉPIDO.

IRENECansado, Lépido, estás.
LÉPIDOIrene, téngote amor.
IRENE¿No te hiela mi rigor?
LÉPIDODesdenes encienden más.
IRENE¿Y los desaires?
LÉPIDO   También.
IRENEConfiésote que es verdad,
que a una grande voluntad
la da sazón un desdén;
si cae sobre amor, yo siento
que es el desaire donaire,
mas no si cae el desaire
sobre un aborrecimiento.
Y así, pues tu engaño ignora
que tu amor aborrecí,
lo que te encendió hasta aquí
te puede helar desde ahora.
LÉPIDOPues ya que saber merezco
que no me quieres...
IRENE   Detén;
no es que no te quiero bien.
LÉPIDOPues di, ¿qué es?
IRENE   que te aborrezco.
LÉPIDO¿Ese extremo no es igual?
IRENEDiferente viene a ser:
una cosa es no querer,
y es otra querer muy mal.
LÉPIDOY, en fin, me dices aquí...
IRENEYa tu oído lo escuchó.
LÉPIDOQue no me has querido.
IRENE   No.
LÉPIDO¿Y que me aborreces?
IRENE   Sí.
LÉPIDOCon la amorosa pasión
no pensarán mis agravios

4/94

que lo que hablaban tus labios
dictaba tu corazón.
Mas la causa he de saber
por qué aborreces mi nombre.
IRENE No puedo querer yo a un hombre
a quien venció una mujer.
LÉPIDO Aunque Cleopatra cruel
me venció, el ser vencedor
no está en manos del valor,
la fortuna da el laurel.
Venciome, y aún te asegura
esta verdad inclinada
que a no vencerme su espada
me venciera su hermosura:
que es tan bella...
IRENE   Ten, que espero
pedirte, si eres constante,
que te vengues como amante,
pero no como grosero;
que yo no he dicho verás
en este desdén primero
con decir que no te quiero
que a otro amante quiero más.
Y tu venganza procura
tanto encender mi tibieza,
que alabas otra belleza
galanteando mi hermosura.
Pues refrena tu osadía
como amante; que no es bien
satisfacer un desdén
con toda una grosería.
LÉPIDO Que a ti te alabo verás
si lo miras ingeniosa,
que es hacerte más hermosa
estarte queriendo más.
¿De alabarla sin amor
qué ofensa te puedo hacer,
si esto es darte a ti a entender
que me pareces mejor?
IRENE Yo aborrezco a Cleopatra, ya lo sabes;

y ni aun poco no quiero que la alabes.
LÉPIDOTú me aborreces.
IRENE   Tú me desobligas.
LÉPIDOPues ni aun esto no quiero que me digas:
de Marco Antonio tengo estos recelos.
IRENETú eres el que te das a ti los celos.
LÉPIDOQue le quieres infiero.
IRENECortés soy, no te he dicho que le quiero.
LÉPIDOPero tu amor su amor ha preferido.
IRENEEs galán, es valiente y entendido.
LÉPIDOCon la voz de la fama militante
tres veces Roma me aclamó triunfante.
IRENEY Cleopatra eclipsar tu luz procura.
LÉPIDOEs hermosa, y venció con la hermosura.
IRENEDe grosero otra vez das testimonio.
LÉPIDOY tú, ¿por qué alabaste a Marco Antonio?
IRENEDices bien, ya lo veo,
resbalose la voz por el deseo.
LÉPIDOPues no te cause enojos
que se fuese mi lengua hacia mis ojos.
IRENE No me quieras, y alaba a quien quisieres.
LÉPIDO¡Qué prolijas nacisteis las mujeres!
(Toquen.)
IRENEMas ¿qué clarín esparce poco atento
las raridades que concierta el viento?
(Toquen sordinas.)
LÉPIDOMas ¿qué sordinas, con acentos graves
divierten la capilla de las aves?
IRENETriunfante allí un ejército ha ocurrido.
LÉPIDOY otro ejército allí marcha vencido.
IRENE¡Oh si el cielo quisiera
que Marco Antonio el que ha vencido fuera!
que aunque es mi hermano César Octaviano,
Es mi amante primero que mi hermano
LÉPIDO¿Si el cielo ha permitido
que Marco Antonio sea el que ha vencido?
que aunque de su amistad tanto me obligo,
es mi dama primero que mi amigo.
IRENEMarco Antonio es aquel, aquel mi hermano.
LÉPIDOÉste que llega es César Octaviano.

IRENEPues supla a mi deseo mi recato;
llega en buen hora, honor del Triunvirato.
LÉPIDOLlega a mis brazos, toma,
llega en buen hora, libertad de Roma.
IRENEMis lazos se prevengan a tus lazos.
LÉPIDOEl corazón traduciré en los brazos.
IRENEEsta fineza en tu valor se estrene.

Salen por dos puertas diferentes, MARCO ANTONIO por el lado de
IRENE, y OCTAVIANO por el de LÉPIDO.

OCTAVIANO¡Oh Lépido!
LÉPIDO   ¡Oh Octaviano!
MARCO ANTONIO   ¡Oh
bella Irene!
IRENE¡Oh dulce dueño mío!
móvil que arrastra todo mi albedrío.
¿Cómo vienes?
MARCO ANTONIO   Vencí.
LÉPIDO   ¿Cómo te ha ido?
¿No me responderás?
OCTAVIANO   Vengo vencido.
IRENEMarte lo ha permitido soberano.
MARCO ANTONIODéjame ver a César Octaviano.
OCTAVIANOA Antonio quiero hablar.
LÉPIDO   A mi enemigo.
MARCO ANTONIO¿Lépido?
IRENE   ¿hermano?
OCTAVIANO   ¿Irene? ¿amigo?
MARCO ANTONIO
¿Amigo?
OCTAVIANO¿Qué tristeza a tus ojos ha ocurrido?
MARCO ANTONIODe hallarte con insignias de vencido,
¿qué alegría se ofrece a tu semblante?
OCTAVIANODe mirarte con señas de triunfante.
MARCO ANTONIOComo hoy a tu valor tu ruina estrena,
se equivocó mi gloria con tu pena.
OCTAVIANOY como tú has logrado una victoria
se moderó mi pena con tu gloria.
MARCO ANTONIOAgradezco la fe de tu cuidado.

OCTAVIANOCuéntame, Antonio, el triunfo que has gozado
MARCO ANTONIOCuéntame aquesa lid sangrienta y fiera.
OCTAVIANOFue desta suerte.
MARCO ANTONIO   Fue desta manera.
OCTAVIANOYa te acuerdas, Antonio, de aquel día,
que armados de ambiciosa bizarría
fuimos los tres a conquistar el mundo.
MARCO ANTONIOY que tocó a mi acero sin segundo
El Asia.
OCTAVIANO   A mi la Europa dilatada.
LÉPIDOEl África a los filos de mi espada.
OCTAVIANOY que los tres con amigable trato
hicimos este heroico Triunvirato.
Júpiter quiera que felice goce.
La tierra austral que el rumbo desconoce.
LÉPIDOYa sabes que por suerte o por estrella
me venció por el mar Cleopatra bella.
MARCO ANTONIOY que sabiendo tu infelice suerte
volví del Asia solo a socorrerte.
OCTAVIANOQue echamos los dos suertes.
MARCO ANTONIO   Ya
lo digo.
OCTAVIANOQue le tocó a mi brazo este castigo,
que por la mar con ira y osadía
fui a rendir a Cleopatra a Alejandría.
MARCO ANTONIOQue al Asia me volví.
LÉPIDO   Que yo corrido
en Roma entonces me quedé vencido.
MARCO ANTONIO¿Es esto ansí?
LÉPIDO   Mi indignación lo llora.
MARCO ANTONIOPues oye agora.
OCTAVIANO   Pues escucha agora:
cuando el alba y aurora, entonces bellas,
salen a reconocer a las estrellas;
cuando el tardo lucero, sin decoro,
murmurando está el sol bostezos de oro,
y el pájaro de verdes plumas rico
afila al tronco el argentado pico,
retoza el can, y la que ruge fiera
muestra la presa con que al tigre espera;

chupa el clavel el líquido rocío
azota el pez las márgenes del río,
y en repetido tálamo dichoso
la tórtola se pica con su esposo,
y la culebra sola
hondeando la arena con su cola,
y al asomar del sol temprano el coche
muda la piel con que esperó la noche;
partí cortando al mar la verde bruma
en trescientos centauros de la espuma,
pues volar y correr cada cual sabe,
medio cuerpo cristal y medio nave.
MARCO ANTONIOLa reina, entre las flores peregrinas,
encargó su custodia a las espinas,
y Clicie, que por Febo se desvela,
era del campo fija centinela;
roció el viento con agua destilada
a la luna, hasta entonces desmayada,
y ella con animosa cobardía
del desmayo volvió que la dio el día;
y a una estrella se sale desunido,
por acecharle al sol dónde se ha ido,
y porque vuelen graves
les dio la sombra luz a tardes aves,
cuando marché con treinta mil soldados,
seguros todos, porque son pagados.
OCTAVIANOY apenas con descuido diligente
encargamos las velas al Poniente
cuando vapores del cristal sediento
tramaron nubes que vistiese el viento,
el día oscureció, bramó el Siroco,
tejiose el sol de nieblas poco a poco
erizósele al mar la estéril bruma,
que es el verde caballo de la espuma,
variaron descontentos a bramidos
todos cuatro elementos desunidos;
sólo la vista a solo el riesgo vía,
de mucho armada el oído no oía;
ya no acierta el gobierno el timonero,
no encuentra con la escolta el marinero;

el más hallado es el que más se ofusca,
da en el fogón el que la bomba busca;
el padre allí del hijo es enemigo,
no se acuerda el amigo del amigo;
cual hubo que a la sombra agradecía,
por no ver todo el mal que se entendía;
cual hubo que el relámpago deseaba,
por ver aquel espacio que duraba;
toda mi hueste en una voz se queja,
pero a ninguno aprovechó la queja;
y cuál hubo, que al ver no bien mirados,
cubierto el mar de árboles troncados;
tan ciego acierta, y tan despierto yerra,
que al mar saltó pensando que era tierra.
MARCO ANTONIOA mí me ayudó tanto la fortuna,
que el imán de las aguas, que es la luna,
influyendo por todas las estrellas,
me señaló serenidades bellas.
A la sed que fatiga a mis soldados
arroyos se desangran por los prados;
ardiente estío me ofreció a racimos
ociosa fruta en árboles opimos,
árbol allí más grato
ofreció calambucos al olfato,
y con sonoro y ajustado ruido
las aves consonancias al oído,
selva y prados en líquidos despojos
dieron amenidades a los ojos;
y como estrella nos influye amiga,
el ocio fue nuestra mayor fatiga;
y, en fin, como suaves
nos saludaron las pintadas aves;
el prado, el arroyuelo,
la selva, el monte, luna, sol y cielo,
sin inconstancia alguna,
no se halló quien creyese que hay fortuna.
OCTAVIANOSalió el arco de paz, serenó el día,
y en la playa me hallé de Alejandría;
salté en Egipto, que es donde idolatra
el sol los otros soles de Cleopatra;

desembarcamos en la playa apenas;
el llanto se rió con las arenas
y aunque en la playa estaba,
la planta aún no creyó lo que pisaba;
cuando con ira ardiente
me acomete Cleopatra de repente;
por la márgen de un río, clara y pura,
¿quién ha visto con maña la hermosura?
resistirla procuran mis soldados,
y moverse no pueden de cansados,
allí con ira extraña
se aprovechó de la ocasion la saña;
el alarido y confusión crecía:
lo que antes fue cristal, ya es sangre fría,
aquel, herido y fiero,
lidiaba con su mismo compañero;
desesperado aquel, cuando embestía,
no por matar, que por morir reñía;
uno allí desangrado
sangre bebe que aquel ha derramado:
pero si aquella le desmaya, en breve
vuelve a alentar con la que el otro bebe;
aquel que ni se anima ni acobarda,
esperando la lid la muerte aguarda;
huye un soldado sin que el riesgo aguarde,
y le alcanza la muerte de cobarde;
uno acomete allí más diligente,
y se busca su muerte de valiente,
que no se libran de la muerte fiera
ni el que huye, ni el que embiste, ni el que espera.
MARCO ANTONIOYo, con valor, enojo y osadía
al reino de los Partos llegué un día;
salió su rey, su vestidura era
de pieles remendadas de pantera;
sacó eminentes, pero no constantes,
castillos sobre espaldas de elefantes;
tal ejército el joven acaudilla
que ocupa más espacio de una milla;
son sus altas trincheras baluartes,
al sol encubren rojos estandartes;

mas, dije, como el mundo no me asombra,
«no importa, pelearemos a la sombra.»
De noble ira, de ardimiento armada,
mi gente la embistió desbaratada;
mis tropas se dividen una a una,
pero las concertaba la fortuna,
si en proporción el Parto acometía,
su mesma ceguedad le dividía;
de emboscada miré salir airados
sobre veinte elefantes, mil soldados,
y aunque iban fijos antes,
tienen tal propiedad los elefantes
que si tropiezan, sea del peso o pena,
no pueden levantarse del arena;
y es preciso, si quieren ir delante
que el mismo que los guía, los levante;
pues cuando me buscaron
en un reducto que hice, tropezaron,
y como el que primero acometía
levantarse a sí mismo no podía,
quedaba entre el arena sepultado
a un tiempo el elefante y el soldado.
OCTAVIANOSobre un caballo, pájaro sin pluma,
que a nado pasó el golfo de su espuma,
que cuando al freno su altivez sujeta,
irritado a la voz de la trompeta,
alzó tanto al pisarlas peñas duras
que él mismo se miró las tierra duras,
salió Cleopatra, más divina aurora,
animando su hueste vencedora,
retirarme otra vez al mar procuro
y menos de las aguas me aseguro;
el soldado, que auxilios procuraba,
por saltar en el barco en el mar daba;
y cual entre uno y otro grave empeño,
se arroja al mar sobre tronchado leño;
recojo algunos que morir quisieron,
y de ser desdichados no murieron.
MARCO ANTONIOAl Parto venzo, y viéndome triunfante,
su rey me llama el Asia militante.

OCTAVIANOSurco el Mediterráneo, a Roma llego
Rendido de Cleopatra. (Aparte. ¡Ah dulce fuego!)
MARCO ANTONIO.Las aves me repiten la vitoria,
los bronces la dedican a la historia.
OCTAVIANOAcuérdanme entre aquellas peñas fieras
mi ruina negras aves agoreras.
MARCO ANTONIOLlego a verte, y hallándote vencido,
yo me parece que el vencido he sido.
OCTAVIANOHállote, y como elAsia has sujetado,
yo presumo que soy el que he triunfado.
MARCO ANTONIOTu voz por todo el orbe se derrama.
OCTAVIANOTú eres el que da lenguas a la fama.
MARCO ANTONIOPara que las edades sean testigos
de que somos los dos fieles amigos.
OCTAVIANO y LÉPIDOY al rendir sus provincias una a una,
préstanos, Marco Antonio, tu fortuna.
MARCO ANTONIOSi haré, César Octaviano,
y vive el móvil primero,
a cuyo natural curso
se arrastran estotros cielos,
que ha de estrenarse Cleopatra
en las iras de mi acero,
aunque embotados de herir
tenga sus filos sangrientos.
Marchad otra vez, soldados;
ea, a vengar, compañeros,
la sangre de los romanos
que ha teñido el mar Tirreno.
Ea, a Alejandría, soldados,
y pésame que es empeño
en vencer una mujer,
cuando a tantos reinos venzo.
Lépido, si tu desdicha
te ha vencido, y no tu esfuerzo:
Octaviano, si tu estrella
te ha vencido, y no tu aliento;
yo, que soy vuestra fortuna,
vengar a los dos prometo
antes que al ocio le encargue
este no vencido acero.

Sólo descanso en la lid;
ea, a descansar marchemos;
alto, a embarcarnos, amigos;
aten al mar con sus remos
para sembrarte de sangre
esos inconstantes leños;
ea, a vencer a Cleopatra,
este encanto descifremos,
que no ha podido el valor
ver, siendo mucho, estar ciego.
Adiós, César Octaviano.
(Hace que se va.)
OCTAVIANOEspérate, que primero
te he de cumplir la palabra
que te he prometido. Al tiempo
que al Asia fuiste, ya sabes
que fue de los dos concierto,
que si vienes de la guerra
vencedor, te dé por dueño
a Irene, mi hermosa hermana;
tú has vencido ya, y supuesto
que haces tú por mí lo más,
que es vengarme, yo pretendo
darte, pues me está tan bien,
a mi hermana, que es lo menos.
Irene, dale la mano.
LÉPIDOEchas a perder con eso
nuestra venganza, Octaviano.
¿Vesle que airado y sangriento
se irrita de nuestro agravio,
y a tu ruina desatento,
cuando le hallas diligente
le solicitas suspenso?
Déjale vencer ahora,
que estorbar es desacierto
las atenciones de Marte
con las delicias de Venus.
MARCO ANTONIOLos dos decís bien, amigos
y así, tomando el consejo
de Lépido y Octaviano,

el favor agradeciendo,
doy la mano y no la doy.
Bella Irene, ya soy vuestro;
pero antes que en esos lazos
se suspenda este ardimiento,
y antes que pague amoroso
deudas de consorte al lecho,
he de vencer a Cleopatra,
con que cumplo a un mismo tiempo,
quedando por dueño suyo
y yendo a vengaros luego
con el duelo de amistad
y de mi amor con el duelo;
tuyo soy, Lépido, amigo.
LÉPIDO¿Qué dices? ¡De celos muero!
MARCO ANTONIOQue avises a mis soldados
que a marchar estén dispuestos,
que al África he de embarcarme.
LÉPIDOTus órdenes obedezco;
Véngueme el cielo de ti. (Vase.)
OCTAVIANO¿Bella Irene?
IRENE   ¿César nuevo?
OCTAVIANODéjanos solos, que hablar
a Marco Antonio en secreto
conviene a un cuidado mío.
IRENESi tanto importa ya os dejo;
menos valiente quisiera
y más amante a mi dueño.   (Vase.)
OCTAVIANOYa estamos solos.
MARCO ANTONIO   Sí, amigo.
OCTAVIANONinguno nos oye.
MARCO ANTONIO   Es cierto.
OCTAVIANOPues salga al oído tuyo
todo en voces mi silencio.
MARCO ANTONIO¿Qué dices? Dime tu mal.
OCTAVIANO¡Oh, pluguiera a mi deseo
que en mi lengua y en su voz
cupiera mi sentimiento!
MARCO ANTONIONo esté cobarde tu pena.
OCTAVIANO.¿Cómo quieres tú que a un tiempo

de una grande cobardía
se informe tu atrevimiento?
MARCO ANTONIO¿Cobardía? ¿Qué? ¿Has huido?
¿Volviste la espalda al riesgo?
OCTAVIANOMayor mal.
MARCO ANTONIO   No puede ser.
OCTAVIANOOye y sabrás el suceso.
amigo, yo vi a Cleopatra...
MARCO ANTONIOTente, que has dicho más presto
de lo que explicarlos quieres
a todos tus pensamientos.
¿Te aficionó su hermosura?
Responde.
OCTAVIANO   ¡Pluguiera al cielo!
que la aficion no es amor.
MARCO ANTONIO¿Qué es?
OCTAVIANO   Un tibio deseo,
que está pintado en el alma
al temple de los afectos,
a quien cualquiera accidente,
sea de tibieza o celos,
con ser los que le hacen más
le templan en ser lo menos.
MARCO ANTONIO¿Pues qué tienes?
OCTAVIANO   Tengo amor,
que está al olio tan impreso
en el corazón, adonde
fue toda afición bosquejo,
que no le podrá borrar
el pintor más sabio y diestro,
ni de los celos las sombras,
ni de la ausencia los lejos;
yo vi a Cleopatra divina
(como te dije primero),
y mis ojos navegaron
las ondas de su cabello;
anegueme en su hermosura,
y dije al ver sus luceros:
¿cómo causan la borrasca
los que influyen tan serenos?

¡Ay de mí! que ya no soy
ni puedo ser aquel mesmo
que burló como dormido
lo que lloró como ciego;
venciome, y enamoreme,
pero no hizo mucho en eso,
que me rindió el corazón
y es él el que da el esfuerzo;
tú eres mi amigo y mi hermano,
tú partes agora al reino
de Cleopatra a conquistar
los imposibles de un cielo;
tú eres dichoso, yo soy
el más infeliz extremo
de la fortuna inconstante;
tanto, que en las lides echo
a perder con mi fortuna
cuanto emprendo con mi acero,
a ti todas las estrellas
te favorecen; yo tengo
por tres enemigos míos
a Júpiter, Marte y Venus;
y, en fin, soy tan infeliz
que me he enamorado: en esto
conocerás mi fortuna;
y así, noble amigo, puesto
que eres dichoso, hazme tú
feliz: conquístame el cetro
de Cleopatra, sol de Egipto;
ve a conquistarme el imperio
de sus ojos, a quien paga
el dios de la venda feudo;
si la vences con tu dicha;
quédate tú con su cetro,
y parte luego conmigo
su hermosura; yo no puedo
lograrme por mí esta dicha,
tenme lástima, que llego
a hacer las lágrimas voces,
y hacer ojos sus acentos;

vence, y logre yo sus rayos,
y pues ha sido concierto
partir los dos, como amigos,
del mundo todos los reinos,
tómate tú todo el mundo,
y dame a Cleopatra en premio,
porque vale más Cleopatra
que el mundo, aunque entren los cielos.
MARCO ANTONIOCon sentir verte vencido,
no es eso lo que más siento,
sino que pueda en ti más
tu amor que un vencimiento;
tú que das voz a la fama,
a las edades ejemplo,
¿has de ser de un ciego dios
indigno y extraño objeto?
Templa, templa esas pasiones.
OCTAVIANOAmigo Antonio, no puedo.
MARCO ANTONIO¿Tú con ojos en las lides?
¿Y tú en las delicias ciego?
¿Tú enamorado?
OCTAVIANO   ¿Pues tú
no tienes amor?
MARCO ANTONIO   Confieso
que a Irene, tu hermana, adoro,
ya por mi esposa y mi dueño;
pero es amor tan templado
que a vengarte voy resuelto
por no embarazar mi ira
con mi amor; luego es primero
todo este valor que irrito,
que todo este amor que templo.
OCTAVIANOComo ya es Irene tuya
estás templado.
MARCO ANTONIO   No es eso,
sino que es ofensa mía
la que es de los dos, y quiero,
en dos extremos tan grandes,
valor y amor, que sea menos,
amor, que es extremo y vicio,

que valor, virtud y extremo.
Convéncete.
OCTAVIANO   No es posible.
MARCO ANTONIOIndigna el valor.
OCTAVIANO   No acierto.
MARCO ANTONIO¿Y la adoras?
OCTAVIANO   No es humana.
MARCO ANTONIO¿No hay remedio?
OCTAVIANO   No hay remedio.
MARCO ANTONIOPues supuesto que te miro
incapaz de mi consejo,
y pues tú no puedes más
contigo, y tampoco puedo
faltar a mi obligación
que a mi fe y mi sangre debo,
yo te entregaré vencido
ese aparente portento
que le han fingido imposible
los entes de tus deseos.
Partid al puerto, soldados;
Octaviano, yo prometo
de no volver a la Europa
sin que a ti, rey verdadero
de la otra mitad del mundo
que con mi espada granjeo,
traiga para eterna fama
la gran Cleopatra por feudo
OCTAVIANO¿Eres mi amigo?
MARCO ANTONIO   Y tu hermano.
OCTAVIANOY, en fin, ¿prometes de nuevo
que será mía Cleopatra
si la vences?
MARCO ANTONIO   Al sol mesmo
pondré a tus plantas.
OCTAVIANO   Mis brazos
son de tus lealtades premio.
MARCO ANTONIOQuédate.
OCTAVIANO   El cielo te guarde.
Mira, amigo, que recelo...
MARCO ANTONIOFortuna tengo y valor.

OCTAVIANORecelo...
MARCO ANTONIO   No tengas miedo.
OCTAVIANOQue Cleopatra...

Salen IRENE y LÉPIDO por dos puertas.

IRENE   Ya otra vez
al ruido del metal hueco
se conciertan tus soldados.
LÉPIDOYa al son de Marte sangriento
templadas las cajas tocan
a marchar.
MARCO ANTONIO   Ea, marchemos,
hijos míos. -Bella Irene,
dame los brazos.
IRENE   En ellos
quisiera dejarte el alma.
(Abrázanse.)
MARCO ANTONIOYo vendré a adorarte.
IRENE   El cielo
te vuelva a Europa.
MARCO ANTONIO   Él querrá
que goce tus brazos presto. -
Lépido, adiós.
LÉPIDO   Él te traiga
tan presto como deseo.
OCTAVIANOMira que me das palabra...
MARCO ANTONIO   (A la puerta.)
No acuerdes lo que te ofrezco;
la lealtad tiene memoria.
IRENEAdvierte, esposo, que temo...
MARCO ANTONIONo temas.
IRENE   Quiérote bien.
MARCO ANTONIOPues advertid, que si dentro
de un año no hayan venido
señas de mi vencimiento,
es que el valor y fortuna
se han trocado tan adversos
que él la ha influido desdichas
y ella amenaza los riesgos.

¿Y me iréis a socorrer?
LÉPIDOYo lo juro.
OCTAVIANO   Yo lo ofrezco.
IRENEY yo he de ir a acompañarlos.
MARCO ANTONIOEsto admiro.
OCTAVIANO   Esto concierto.
(Ap.   Dale laureles, fortuna.)
IRENEVolvedle a Europa, deseos.
MARCO ANTONIOTráigame el cielo triunfante.
LÉPIDO   (Aparte)
No vuelvas ruego a los cielos.
(Vanse.)

Sale CAIMÁN.

CAIMÁNYo soy un pobre romano,
que vino sin cobardía
al reino de Alejandría
con el César Octaviano;
y en la batalla después,
viendo que con los gitanos
no me valían las manos,
ne aproveche de los pies;
pero yo estoy satisfecho,
que huir, como hombre mortal
luego, luego, hace gran mal,
después, después, gran provecho;
que queda un hombre corrido
dice el vulgacho malvado;
mas al huir me he quedado
como si no hubiera ido;
díjome Octaviano fiero
de su ruina en el afán:
-Dí, ¿por qué huyes, Caimán;
y yo dije: -Porque quiero;
-Si mueres, dijo, es muy cierto
que tu fama el orbe aclama;
-¿y qué he de hacer con la fama,
le dije, después de muerto?-
Señores, ¿no es necedad

que haya hombre de tal suerte
que se deje dar la muerte
por tener posteridad?
¿Por dar líneas a la historia
haya quien llegue a lidiar?
¿Que se entre un hombre a matar
por dejar grande memoria?
Hombre, a tu valor incierto
el engaño te apercibo;
¿no hay quien se acuerde de un vivo,
y quiere memoria un muerto?
Ahora volvamos al caso:
en la lid sangrienta y dura,
deste monte en la espesura
me escapé paso entre paso;
volviéronse los romanos,
pero aunque en Alejandría
se quedó mi cobardía,
no me conocen gitanos;
pues estoy pobre, yo quiero,
ya que no soy buen soldado,
buscar un oficio honrado
que me valga algún dinero;
¿Seré sastre? es devoción
ser sastre muy abatida,
que he de andar toda la vida
a cuestas con el pendón.
¿Aljebista? voy errado;
desconcertaré costillas,
venderé lindas pastillas
de ámbar siendo pan mascado;
esto no se disimula,
y aún no sé fraguarlas yo.
¿Hareme médico? no,
sé mucho, y no tengo mula.
Con ropón seré letrado,
que libros no es menester;
boticario quiero ser,
que es oficio redomado;
pues con vender cada vez

que ocasión precisa halle
cuatro piedras de la calle
molidas en almirez,
con cuatro rótulos sólo,
con vender a tontos mil
el aceite del candil
por aceite de vitriolo;
con que venda a cuantos ven
que en mi tienda se trabaja
el agua de la tinaja
por el agua de llanten;
y por jarabe después
vender miel de letuario,
queda un hombre boticario
y queda rico en un mes;
pero no quedarán salvas
honra y fama que he guardado:
que dirán que un hombre honrado
ha nacido entre las malvas.
¿Seré alcahuete? No inquiete
mi codicia, que es mi fama.
No le dan nada a una dama
¿qué darán a un alcahuete?
¿Pues a qué oficio idolatra
mi codicioso desvelo?

Sale LIBIA.

LIBIAJusticia venga del cielo
sobre la reina Cleopatra.
Apelaré del rigor
con que al precepto me irrito,
¿que haya mandado en Egipto,
que no haya quien tenga amor?
¿Que con su casta pureza
la cruel Cleopatra intente
derogar por accidente
lo que obra naturaleza?
Si con ser irracionales
en la tierra y mar mejor,

se tienen también amor
peces, plantas y animales.
Desde que ha que todos ven
este precepto importuno,
no encuentro hombre ninguno
que no me parezca bien.
Con dos mil faltas escojo
a todos, tan torpe soy,
que tras un tuerto me voy
porque me hace del ojo.
Y cuando llegue a faltar
un tuerto, que querré advierto
a un calvo, con ser bien cierto
que no le puedo pelar.
A un lindo mi tema rara
le pone ducientos nombres;
si es feo, digo: los hombres
no han de tener buena cara.
Si un chiquito hallo en la calle,
digo: aqueste me merece;
si un largo: ¡qué bien parece
en los hombres un buen talle!
Y de tal suerte se ven
mis ansias, porque me asombre,
que me vengo tras este hombre
porque me parece bien.
¡Que nuestra reina aperciba,
porque su virtud se crea,
que la que adúltera sea
la saquen a quemar viva!
¡Y que otra ley nos advierta,
porque el riesgo se repare,
que la que se descuidare
la saquen a quemar muerta!
Señores míos, protesto
que me endiablo o enquillotro,
¿qué les queda para esotro
si queman aquí por esto?
Esta sujeción cansada
más a mi deseo aumenta;

viva yo agora contenta
y muera después quemada
pero tengo tal estrella
que no ha de quererme creo
CAIMÁN   (Aparte.)
Mujer es esta, y deseo
parecer hombre con ella.
LIBIA   (Aparte.)
Yo me llego.
CAIMÁN(Aparte.)   ¡Hay tal menguado!
¿Qué tardo? Quiero llegar.
LIBIA   (Aparte.)
Aunque me hayan de quemar.
CAIMÁNSea Júpiter alabado.
LIBIAPor siempre, y pase adelante;
pues ya en la ocasión me veo.
CAIMÁN¿Habrá un poquito de empleo
para un amor vergonzante?
LIBIANo faltará.
CAIMÁN   ¡Qué piedad!
LIBIALlegue y no tenga recelo;
acérquese, hermano.
CAIMÁN   El cielo
le pague la caridad.
LIBIATome.   (Dale la mano.)
CAIMÁN   Págueoslo Cupido;
de hambre sólo la tomo,
tres meses ha que no como
bocado de lo que pido;
ya que en amoroso lazo
tan piadosa os alargáis
que un poco de mano dais,
dadme un bocado de un brazo.
LIBIATómele   (Abrázale.)
CAIMÁN   ¡Qué alma tan pía!
LIBIAYo soy una pecadora;
óyeme, hermano.
CAIMÁN   ¿Señora?
LIBIAVéngaseme acá otro día.
(Ap. Más a quererle me incito.)

CAIMÁNDígame, ¿por qué razón?
LIBIAHermano, la privación
es causa del apetito.
CAIMÁNSu fineza he de estimar,
seré su amante muy fiel.
LIBIARuego al cielo que por él
no me saquen a quemar.
CAIMÁN¿Quemar?
LIBIA   Es ley promulgada
contra el humano apetito.
CAIMÁNSi ello es después del delito,
quémente, no importa nada.
¿Y en el castigo se encierra
el hombre también?
LIBIA   No.
CAIMÁN   Di,
¿sólo a las mujeres?
LIBIA   Sí.
CAIMÁNNo me voy yo desta tierra.
LIBIACon pasiones tan erradas,
¿cómo a amarme te acomodas?
respóndeme.
CAIMÁN   Porque a todas
las deseo ver quemadas.
Y el quererte ahora, es
según de la ley confío...
LIBIADime, ¿por qué? Caimán mío!
CAIMÁNPorque te quemen después.
VOCES.   (Dentro.)
¡Plaza, plaza!
CAIMÁN   Al anfiteatro
que está del mar a la orilla,
la Reina entra.
LIBIA   Maravilla
del mundo es este teatro.
Ya digo que no te quiero.
CAIMÁNYo desde hoy te he de querer,
que espero que te he ver.
LIBIA¿Adónde?
CAIMÁN   En el quemadero.

Salen CLEOPATRA, LELIO, de barba, soldados y acompañamiento de
hombres.

LELIOReina de Egipto, sol de Alejandría,
luz que escribe en la luz que pauta el día.
Comparación tú sola a tu grandeza,
símbolo sola tú de tu pureza
que el ser tan generosa
te hace que parezcas más hermosa;
excepción de la regla, aún no creída,
pues no eres fea y eres entendida,
que del amor burlaste los engaños,
prudente sin la costa de los años.
Hoy, que de escamas rústicas plateados
los peces de tus luces deslumbrados
salen del mar, que tu verdad serena
hasta quedarse en seco en el arena.
Hoy, pues, que al permitir tus rayos rojos
las águilas peligran en tus ojos,
cuando hidrópicos llegan sus desmayos
a beberse el concurso de tus rayos;
hoy, que conoce la teñida rosa...
CLEOPATRADetente, no me alabes por hermosa;
en vano, Lelio, a mi beldad prefieres;
alaba mi valor, si alabar quieres,
y no antepongas cuando yo te asombre
indicios de mujer a señas de hombre.
¿Yo no he vencido a Lépido el romano?
¿Yo no teñí de espumas el mar cano?
¿Yo de sus popas, árboles y quillas,
no he fabricado túmulos de astillas?
¿Yo no vencí a Octaviano en esa playa,
que aunque se enoje, el mar le tiene a raya?
¿Yo no dejo grabada
en la testa de hueso flecha alada
al venado, que es, sin dar engaños,
rústico coronista de sus años,
pues para que los lea el que los cuente

se imprimen los instantes en la frente?
¿Yo a Marco Antonio, a quien el Asia aclama,
ese, de quien es voz toda la fama,
a que venga no espero
a estrenarse en los filos de mi acero?
¿Pues este vencimiento, esta grandeza,
débese a mi valor o a mi belleza?
¿No los venció mi espada? Sí, ella ha sido;
pues si mi espada es la que ha vencido
y mi hermosura no, que no es segura,
no alabes desde hoy más a mi hermosura.
¿Quién puede haber que sea tan osado
que diga que a mis ojos se ha inclinado?
¡Que si alguno me diera esos enojos,
yo misma me sacara a mí mis ojos!
Si esta alma que a mí me anima rara,
del sol, con ser deidad, se aficionara
del mismo al contemplarle
me dejara cegar por no mirarle.
¡Oh, quién trocara el sexo recibido!
De una mujer me pesa que he nacido,
por ser mujer, que a ser flaqueza toca;
¡Oh, si hubiera nacido de una roca!
LELIOSentarte agora puedes,
que pues es día hoy de hacer mercedes
pues con aplauso, que serán tus glorias,
celebra Alejandría tus vitorias,
que renueves te digo
al perdón los preceptos del castigo.
CLEOPATRACualquier delito mis piedades crea,
como el romper la castidad no sea.
(Siéntase.)
LELIOEn estos dos empecemos
que has de sentenciar agora.
CLEOPATRA¿Quién son esos dos?
LELIO   Señora,
dos prodigios, dos extremos;
uno está preso, porque
es tan tierno o es tan blando,
que está siempre enamorando

a cuantas mujeres ve;
y otro quiere pretender
premios, que es justo que pida,
y es de que en toda su vida
nunca ha hablado con mujer;
éste pide que te obligues
desta obediencia.
CLEOPATRA   Está bien.
LELIOY el otro pide también...
CLEOPATRA¿Qué pide?
LELIO   Que le castigues.
CLEOPATRA¡Extremo notable ha sido!
LELIOQue esto está probado infiere.
CLEOPATRAEn fin ¿uno a todas quiere,
y otro a ninguna ha querido?
LELIOEl premio y castigo libre
igual de justicia el peso.
CLEOPATRAPues soltadme al que está preso
y prendedme al que está libre;
que si ese quiere una a una
a todas juntas, se infiere,
que, pues a todas las quiere,
no tiene amor a ninguna;
y por evidente ten,
aunque tu engaño lo ignora,
que ese que a ninguna adora,
es que a alguna quiere bien
pues perdone mi grandeza,
y castigue mi porfía
del uno la hipocresía
y del otro la flaqueza.
LELIOProsigo por éste.
CLEOPATRA   Di.
LELIOUn hombre de baja suerte
está condenado a muerte,
porque dice mal de ti.
CLEOPATRA¿Qué dice?
LELIO   Ahora lo sabrás:
que eres, dice el maldiciente,
generosa solamente

porque se diga que das;
y después desta malicia,
con nueva temeridad,
que sólo es en ti crueldad
lo que parece justicia;
que eres soberbia, impaciente;
que eres vana, codiciosa,
y que el nacer tan dichosa
te hace parecer valiente.
CLEOPATRA¿Hay atrevimiento igual?
Y dime, Lelio, también
si dice de alguno bien.
LELIONo hay de quien no diga mal.
CLEOPATRA.Pues yo revoco esa pena
por lo que a todos me iguala,
que era señal de ser mala
si dijera que era buena.
Soltadle, y logre esta suerte,
pero en esto se repare,
que al punto que me alabare,
mando que le den la muerte.
Porque en un extremo tal
no me estaba bien aquí
que hable sólo bien de mí
quien de todos habla mal.
CAIMÁNSeñora, si así libráis
el perdón para la ofensa,
si cuando el castigo piensa
al que murmura premiáis;
por Júpiter, vuestro dios,
os suplica mi cuidado,
que me admitáis por criado,
que yo diré mal de vos:
que me recibáis confío.
CLEOPATRA¿En qué oficio?
CAIMÁN   Si es razón,
pido que me hagáis bufón.
CLEOPATRA¿Por qué?
CAIMÁN   Porque soy muy frío.
CLEOPATRA¿De dónde sois?

CAIMÁN   Soy romano,
y ser gitano querría.
CLEOPATRA¿Quién os trujo a Alejandría?
CAIMÁN¿Quién? el César Octaviano.
CLEOPATRAY en la batalla se ve
que os perdisteis.
CAIMÁN   Reina sí,
al principio me perdí,
pero a la postre me hallé.
Huí de ti, y en Egito
escondido he estado.
CLEOPATRA   Pues
¿Cómo huiste?
CAIMÁN   Con los pies.
CLEOPATRA¿Seréis gallina?
CAIMÁN   Un poquito.

Sale UNA MUJER tapada.

LELIOLa mujer que ves está
sentenciada a quemar.
CAIMÁN   ¡Palo!
LELIOCon un hombre, su amor ciego
tus preceptos ha violado;
el delito está probado.
CLEOPATRAPues ejecútese luego.
MUJERSi estas lágrimas que lloro
pueden templar tu rigor,
sabe, que él me tiene amor
al paso que yo le adoro.
Y acúsele tu piedad
este error escandaloso,
que con palabra de esposo
le entregué mi voluntad.
A que me la cumpla aguarde
la piedad que en ti se espera.
CLEOPATRA¿No aguardarais que os la diera?
MUJER.Ya me la ofrece.
CLEOPATRA   Ya es tarde.
LELIOQue la perdonéis os digo,

que ha de parecer muy mal
por ser mujer principal,
la infamia deste castigo.
Otro castigo, otra pena
moderad, reina piadosa.
CLEOPATRADe esa campaña espaciosa
de flores y áspides llena
dos áspides aplicad,
y en sus alevosos brazos
tengan ponzoñosos lazos
que indicios de mi crueldad
la aflijan con tal dolor,
que se reduzga mortal
en ponzoña irracional
la ponzoña del amor.
Esta sangre de amor ciego
este tormento desangre,
sea mi castigo la sangre,
pues no queréis que sea a fuego.
MUJEREl cielo, puesto que muero,
con justicia soberana,
permita, reina tirana,
que te mate un áspid fiero.
Y también llego a pedir,
que por más sangrienta espada
mueras tan enamorada
como yo voy a morir.
CLEOPATRAEsa desdicha no espero
pues con justa causa mueres.
MUJERY si algún hombre quisieres,
se dé muerte con su acero.
CLEOPATRAVete.
MUJER   El cielo te maldiga,
véngueme el cielo de ti.
CLEOPATRAYo vivo segura en mí.
MUJERY otra vez pido, enemiga,
que pruebes tanto el dolor,
que antes que yo en esta suerte
pruebe efectos de la muerte,
pruebes efectos de amor;

de ti seas escarmiento,
y tengas como yo el fin.   (Vase.)
(Tocan.)
CLEOPATRA¿Mas qué sonoro clarín
rompe la región del viento?
LELIOVuelve los ojos a la mar serena,
verás su playa de bajeles llena,
ducientas y más naves,
peces del aire y de la espuma aves,
con no seguro paso
vienen cortando al mar el azul raso;
un pájaro de pino en vez de pluma
hace de azul cristal nevada espuma,
son sus flámulas bellas carmesíes,
sus árboles se engastan de rubíes;
del ébano que al sol la cara empache,
la popa trae relieves de azabache;
de bronce el espolón que le asegura,
a quien supo bordar la arquitectura;
y trae, porque la tenga el sol decoro,
palamenta de plata y timón de oro.
CAIMÁNYa en el mar cristalino
las abatió de enfermo lino.
LELIOYa el áncora a su curso alado enfrena,
fiada a la constancia de la arena.
CLEOPATRAYa un hombre en nuestra orilla se ha arrojado;
¡llega a mis iras, infeliz soldado!
LELIODe paz es la bandera que despliega;
llega, infeliz soldado.
CLEOPATRA   Llega, llega,
y pues de tu valor das testimonio,
di, ¿quién eres, soldado?
MARCO ANTONIO(Dentro.)   Marco Antonio.
CLEOPATRATemor de oír su nombre he recibido,
y esta es la vez primera que he temido;
pero es valor este temor primero;
echar el velo a mi hermosura quiero;
que pues mi espada el triunfo me asegura,
no quiero que le venza mi hermosura.
LELIOLlega, romano.

CLEOPATRA   ¡Toda soy de hielo!
(Échase el velo en la cara.)

Sale MARCO ANTONIO.

MARCO ANTONIOGuarde, Cleopatra, tu hermosura el cielo.
CLEOPATRAVete, Caimán.
CAIMÁN   Obedecerte intento.
(Vase.)
CLEOPATRAVete, Lelio.
LELIO   Sí iré.   (Vase.)
CLEOPATRA   Tomad asiento.
(Siéntanse sin mirarse.)
MARCO ANTONIOCleopatra valerosa,
según dice la fama, muy hermosa,
que es lo que agora menos te asegura,
pues yo no he de rendirme a tu hermosura;
reina de Egipto, no como solía,
porque hoy ha de ser mía Alejandría,
Yo vengo, así una ofensa restituyo,
a llevarte a mi reino por el tuyo.
CLEOPATRAMarco Antonio imprudente,
para con los cobardes muy valiente.
Y según el clarín armonioso
para con infelices venturoso;
no rey del Asia ya como solía,
porque el Asia también ha de ser mía;
vuélvete al mar salado,
si no quieres, quedando aprisionado
en mi reino, que llama Europa suyo,
que vaya luego a conquistar el tuyo;
que a Lépido he vencido, ¿no lo sabes?
MARCO ANTONIODiole sepulcro el mar a ochenta naves.
CLEOPATRAA Octaviano venció mi brazo airado.
MARCO ANTONIOÉl se dejó vencer de enamorado;
tus ojos, me contó que le rindieron.
CLEOPATRAPese a mis ojos si ellos le vencieron;
(Levántanse.)
¡Viven ellos, que al sol causan enojos,
que no te he de enseñar a ti mis ojos,

porque al verte vencido,
no digas que mis ojos te han rendido!
MARCO ANTONIOPues yo bien sé cuando a tu luz me llego,
que no puede rendirme el amor ciego.
CLEOPATRAAunque verme deseas,
soy mucho yo para que tú me veas
ni he de verte, por no darte indignado
los méritos de haberte yo mirado.
MARCO ANTONIOAunque eso dices, responderte puedo.
Que no me ves, por no tenerme miedo.
CLEOPATRAY tu valor mirarme no procura,
porque teme rendirse a mi hermosura.
MARCO ANTONIOY aunque mirara de tu luz el fuego...
CLEOPATRA¿Qué hicieras si me vieras?
(Descúbrese, y míranse.)
MARCO ANTONIO   Morir
luego.
CLEOPATRAVete, apártate, joven, porque al verte
estoy viendo la imagen de mi muerte
MARCO ANTONIONo te apartes, dulcísima homicida,
que en ti miro la imagen de mi vida.
CLEOPATRANo sé lo que contemplo al contemplarte,
que me infunde temor para mirarte.
MARCO ANTONIONo sé qué estrella a mi infelice suerte
le ha influido valor para quererte.
CLEOPATRA¿Qué haré para templarme?
quiero inclinarme y no puedo inclinarme.
MARCO ANTONIO¿Qué contrario es al tuyo mi destino?
no quisiera inclinarme, y más me inclino.
CLEOPATRADi, si eres tan galán, Antonio airado,
¿porqué hablabas con iras de soldado?
MARCO ANTONIOSi eras divina, porque amor te crea,
¿porqué hablabas con señas de ser fea?
CLEOPATRAHombre, que templas cuantos das enojos,
no turbes las quietudes de mis ojos.
MARCO ANTONIOHiena, que así me obligas con gemidos,
no turbes la atencion a mis oídos.
CLEOPATRAAntonio, vete, tarde me resisto,
yo me voy a morir de haberte visto.
MARCO ANTONIO¡Oh quién de sí se huyera!

(Hace que se va.)
CLEOPATRANo te vayas, Antonio, aguarda, espera,
mas ¿cómo el culto a mi deidad profano?
MARCO ANTONIO¿Mas yo rendido del amor tirano?
CLEOPATRA¡Ah soldados! lograd feliz la suerte,
prended a Marco Antonio, dadle muerte.
MARCO ANTONIOEn la ocasión aprovechad los bríos,
dad la muerte a Cleopatra, amigos míos.

(Tocan cajas.)

CLEOPATRAMas tened, no me deis a mí esa herida.
MARCO ANTONIOMas no la deis la muerte, que es mi vida.
¡Ay Octaviano amigo,
qué igual es tu castigo a mi castigo!
No he de tener amor.
CLEOPATRA   No soy amante;
Vete, Antonio.
MARCO ANTONIO   No puedo,
que me infundiste valeroso miedo;
mas ya obedezco; voyme al mar salado
vencido, por estar enamorado.
CLEOPATRA¿Te vas?
MARCO ANTONIO   A Roma vuelvo.
CLEOPATRA   ¡Oh pena
mía!
no te vayas, ya es tuya Alejandría;
hazte señor de su elevado muro.
MARCO ANTONINo es esa la ciudad que yo procuro.
CLEOPATRA¿Qué reino?
MARCO ANTONIO   El de tus ojos por quien veo.
CLEOPATRATuya es el alma, patria del deseo;
Mas, ¡oh, pese a mi voz! ¡Pese al Dios ciego!
MARCO ANTONIO¿Mas, yo inclinado al amoroso fuego?
CLEOPATRADadle la muerte a Antonio, mi enemigo.
MARCO ANTONIOEstrenad en Cleopatra mi castigo;
mas tened, no me deis a mi esa herida.
CLEOPATRAMas no le deis la muerte, que es mi vida.
MARCO ANTONIOQuédate.
CLEOPATRA   Ya me voy.

MARCO ANTONIO   ¡Infeliz
suerte!
CLEOPATRA¿No has de volver a verme?
MARCO ANTONIO   No he
de verte.
CLEOPATRA¡Oh cuanto duda amor!
MARCO ANTONIO   ¡Cuánto amor
yerra!
LOS DOSGuerra contra el amor, alarma, guerra.

JORNADA SEGUNDA

(Dentro ruido de desembarcar.)

OCTAVIANOYa no manda el timón, y ya la quilla
encalló en las arenas de la orilla.
LÉPIDODejad zafar la escolta y chafaldete.
IRENEAmainad la mesana y el trinquete.
LÉPIDOVaya la lancha al pie de aquella sierra.
OCTAVIANOLépido, Irene y yo, tomemos tierra.
IRENEÁncora al mar.
LÉPIDO   Sobre la espuma cana
se mece la ligera capitana.
OCTAVIANOY las demás, qué iguales
azotan con los reinos los cristales.
IRENEFavorable nos fue la mar y viento.
LÉPIDOAvante boga.
OCTAVIANO   Iza a barlovento.

Salen OCTAVIANO, LÉPIDO e IRENE.

IRENESalta sobre el peñasco de esa sierra.
OCTAVIANOBeso mil veces la florida tierra.
LÉPIDOBeso la madre de los hombres pía.
IRENEÉsta la playa es de Alejandría
la que al Mediterráneo tiene a raya,
OCTAVIANOMás parece de Chipre aquesta playa.
IRENESalva te hacen dulces ruiseñores.
LÉPIDOSin duda es esta patria de las flores
OCTAVIANOEl olfato y la vista a un tiempo estrena
fragancia y candidez de la azucena.
IRENEAlegre está la vista y el olfato.
OCTAVIANO¿No ves, Irene, al sol arder ingrato?
IRENE¿Ingrato?
OCTAVIANO   ¿No le ves con luz hermosa
galanteando la purpúrea rosa,
que preside a otras flores peregrinas

y al ver que se defiende con espinas,
no por ser tan hermosa la pretende,
sino porque la ve que se defiende?
¿Y a Clicie, que en sus rayos habilita
porque ve que le sigue la marchita?
IRENEY yo al ver que la deja, en mí contemplo
de Clicie y sol un infelice ejemplo;
que si Antonio me deja desdeñoso,
yo vengo a ser la Clicie de mi esposo.
OCTAVIANOLépido, amigo mío, Irene bella:
tú, sol del Asia: tú, de Europa estrella,
atendedme los dos lo que os advierto:
ya os acordáis los dos que fue concierto
de venir a buscar a nuestro amigo,
siendo nuestra amistad el fiel testigo,
dado caso que Antonio no llegase
dentro de un año a Europa, o que no enviase
nuevas de su ruina o vencimiento
o ya la fama lo contase al viento,
o ya fiase sus vitorias solas
Neptuno a la inconstancia de las olas.
LÉPIDOUn año el tiempo fue que la ha aplazado.
OCTAVIANOPues ya sabéis que el año se ha pasado,
sin que para más riesgo o mayor gloria
sepamos su ruina o su vitoria;
y tal vez he pensado
o que hidrópico el mar se le ha tragado,
o que cruel, Cleopatra, aunque divina,
reliquias no dejó de su ruina;
o será, pues triunfante no le aclama,
que su clarín se le quebró a la fama:
y como nuestro crédito desmaya,
con las naves que surgen en la playa
y con la hueste que mi espada anima,
a discurrir el más remoto clima
me conduzgo, hasta hallar de aquesta suerte
indicios de su vida o de su muerte.
IRENEDesta montaña, agora
que le acecha las luces al aurora,
la cumbre altiva discurrir podemos.

LÉPIDOLa selva, monte y prado registremos.
OCTAVIANOMirar pretendo en este monte cano
si alguna poblacion descubre el llano.
IRENESólo un arroyo aquella selva baña;
desierta se descubre la campaña.
OCTAVIANOEstampa no se ve de plantas vivas,
todas las plantas son vegetativas.
tocad al arma, veamos si se altera
al marcial aparato un hombre o fiera.
LÉPIDOToca al arma.
(Toquen y párense a escuchar.)
OCTAVIANOYa suena el metal hueco,
y sólo del clarín es susto el eco.
IRENEAves son las que el ruido han extrañado.
LÉPIDOUn hombre, o el deseo me ha engañado.
IRENEVuelto en sí del letargo, huir procura;
antes que se penetre en la espesura
del prado, le llamemos.
OCTAVIANO   Hombre, aguarda;
Egipcio, ¿qué te turba y acobarda?
Reducirle no puedo.
LÉPIDOMucho es que no tropieces en tu miedo.
IRENE¿No vías? darle voces es en vano.
OCTAVIANOEl que te llama es César Octaviano.
IRENEParece que a tu nombre reducido
su temor aconsejó su oído.
LÉPIDOYa parece que mueve más veloces
las plantas al halago de tus voces.
OCTAVIANOLlega al favor que esperas de mi mano.

Sale CAIMÁN.

CAIMÁNDame tus plantas, César Octaviano.
OCTAVIANO¿Caimán?
CAIMÁN   ¿Lépido, Irene, qué te veo?
Viendo estoy a los tres, y no lo creo;
¿qué se llegó de mi deseo el día?
LÉPIDO¿De dónde vienes, di?
CAIMÁN   De Alejandría.
IRENE¿Llegó Antonio?

CAIMÁN   Llegó.
OCTAVIANO   ¿Qué ha
sucedido?
CAIMÁNLo que siempre, Cleopatra le ha vencido
OCTAVIANO¿Vive Antonio?
CAIMÁN   Sí vive.
OCTAVIANO   Di si es cierto.
CAIMÁNNo te estuviera mal que hubiera muerto.
OCTAVIANO¿Qué dices?
CAIMÁN   Lo que digo.
OCTAVIANOMuera mil veces yo, viva mi amigo.
IRENE¿Murió Cleopatra?
CAIMÁN   Sí.
OCTAVIANO   ¡Desdicha fuerte!
CAIMÁNPero vive Cleopatra con la muerte.
OCTAVIANO¡Qué gloria, qué contento!
IRENE   ¡Oh pena esquiva!
CAIMÁNNo te estuviera mal que fuera viva.
OCTAVIANODescíframe esta enigma, si eres sabio.
IRENENo se hielen tus voces en tu labio.
LÉPIDODi, ¿cómo aquí has llegado?
sácanos a los dos deste cuidado.
OCTAVIANOComo leal refiere,
cómo vive Cleopatra y cómo muere.
IRENERefiérenos si es cierto
cómo es Antonio vivo y cómo es muerto
LÉPIDOYa tu voz esperamos.
CAIMÁNPues escuchad los tres.
LÉPIDO, IRENE, OCTAVIANO
Ya te escuchamos.
CAIMÁNYa te acuerdas que contigo
vine a Egipto, y ya te acuerdas
que me quedé en la batalla
como espada ginovesa;
ya dije que Marco Antonio
llegó a Egipto; pero apenas
empañó con nubes de humo
el sol de Cleopatra bella,
apenas vio su luz pura
nunca hasta entonces serena,

cuando se quedó más blando
que corregidor que espera,
acabado su trienio,
que le tomen residencia;
quiso, volviéndose a Roma,
fiar al viento las velas,
y a su constancia fiar
aquel apagado Etna
que va forjando en el alma
minas que tarde revientan;
pero el ligado velamen
aún no a los vientos entrega,
cuando a detenerle sale
Cleopatra en una galera.
Árboles de plata fina,
las gavias de oro, las cuerdas
trizas, escoltas, volinas,
de cordones de oro y seda.
La popa, ébano y marfil,
y en igual correspondencia
del terso cristal de roca
diáfanas las vidrieras.
Iba la chusma adornada
de mil recamadas telas,
a quien, aunque tarde, supo
perfeccionar la tarea.
Los soldados desta nave
cincuenta Cupidos eran
que a corazones de bronce
disparaban mil saetas.
En la cámara de popa
suavísimas sirenas
cantaban, amor, amor,
que esta era su dulce guerra.
Cleopatra, en un trono de oro,
cuyos diamantes pudieran
exceder cuantos el sol
purifica y alimenta,
esperaba a Marco Antonio
pasó Marco Antonio a verla;

dijo, que de agradecido,
y yo le dije: no creas
que hay quien no teniendo amor
sepa agradecer finezas.
Trinaron suaves voces
mil amorosas endechas,
cuyo compás en las aguas
llevaba la palamenta.
Surgieron de allí distantes
presumo que media legua,
y en medio del mar estaban
fijas diferentes mesas
sobre una red, que en las aguas,
con tal artificio era
tejido metal en lazos,
de obra tan sutil, que al verla
sufrió el peso y no la vista,
que estaba esta red dispuesta
con fortaleza tan grande
y con tanta sutileza,
que la dudara la vista
si el tacto no la creyera.
Espléndida la vianda
colmó el día una menestra:
trujo deshecha en vinagre
la más rica y grande perla
que el exceso encareció;
el mar, que conchas platea,
perlas que engendró la aurora
legítimamente netas,
no produjo perla igual;
tanto, que se halló quien crea
que valía una ciudad;
y esta fue la vez primera
que en los méritos quedase
la comparación modesta.
Pez, escondido en las grutas;
ave, que el cielo penetra;
fiera, que el monte discurre;
fruta, que el árbol franquea;

raíz, que la tierra esconde;
manjar, que la gula inventa;
cristal, que el sol purifica;
licor, que en los años medra;
destos dos dioses del mundo
fueron ambrosía y néctar,
delicias de los manjares,
viendo festiva a su reina,
(cómo es en las ocasiones
el que más se desenfrena)
pareciéndoles que ya
tiene amor Cleopatra, empiezan,
para hacer bien de las suyas,
a hacer mal de las ajenas.
La casta anciana, que estuvo
en su atención recoleta,
sabiendo lo que ha perdido
no quisiera ser tan vieja.
La viuda también buscaba
un sustituto que lea
en su cátedra del sexto
del propietario la ausencia.
En disolución tan libre,
trocados los frenos vieras
las solteras muy casadas,
las casadas muy solteras.
Tan iguales voluntades
corrieron en esta era,
que a más de cien mil Tarquinos
no se encontró una Lucrecia;
la tórtola enamorada,
la dulce paloma tierna,
por ser aves que amar saben,
las arrullan y gorjean;
la azucena y el jazmín,
símbolos de la pureza,
les daban humo a narices;
que sólo del gusto eran
la hiedra, por ser lasciva,
por madre, la madre selva;

y si era ley en Egipto
que en fuego material muera
la mujer que tenga amor,
Cleopatra, menos atenta,
otra ley ha promulgado
para derogar aquella,
y es que saquen a quemar
a la mujer que no quiera;
Venus y Baco, dos dioses
de costumbres no muy buenas
Venus hizo dar traspiés,
Baco hizo dar tras cabezas;
en fin, Antonio y Cleopatra
en Alejandría entran
ya del pueblo murmurados,
que es quien antes los celebra;
Oh plebe, la dije entonces,
¿quién puede ser que te entienda?
Quéjaste si el Rey es bueno,
y si no es bueno te quejas;
mañana otra vez querrás
gozarte en delicias nuevas,
pues ni la virtud te agrada
ni del vicio te contentas;
a Marco Antonio Cleopatra
miraba muy fina y tierna,
y no con buena intención,
que cuando una mujer llega
a repasar a un galán
el talle, los pies y piernas,
de tener mucha atención
anda un poco desatenta;
mirábala Antonio, como
el que conocer desea
a alguna persona y no
acaba de conocerla,
llegaron a su palacio,
y para que desta guerra
durase la paz deseada,
solos los dos, sin que hubiera

quien mediase en estas paces,
entraron a asentar treguas;
los dos, dicen, que allá dentro
tuvieron mil diferencias
sobre el modo de la paz,
porque duró esta contienda
más de un mes, en que los dos
no salieron de una pieza,
hasta dejar de una vez
hechas las paces y treguas;
pues mirad si Antonio es muerto,
pues murió a la confidencia
de tu amistad, y mirad
si también Cleopatra es muerta
del amor...
OCTAVIANO   Detén el labio,
miente tu atrevida lengua:
Antonio es mi fiel amigo;
yo adoro a Cleopatra bella;
para mí conquista Antonio
esta inexpugnable fuerza,
que con firmes desengaños
se fortalece y pertrecha.
CAIMÁNÉl no sabe que la adoras.
OCTAVIANOSabe el cielo, viento y tierra
que respira el alma mía
por los alientos de aquella.
CAIMÁNPues Antonio fue traidor.
OCTAVIANOEs mi amigo.
LÉPIDO   No lo creas,
porque en llegando al amor
no hay amigo que lo sea.
CAIMÁN¿Quieres ver el desengaño?
a tu hermana que fue prenda
y premio de tu amistad,
repudiar quiere y intenta
darle la mano a Cleopatra.
IRENECierra el labio, infame, cierra,
que de tu boca atrevida
sabré arrancarte la lengua.

¿A mí despreciarme Antonio?
¿Cómo puede ser que sea
sacrificio de la sombra
quien fue de la luz ofrenda?
Antonio me quiere a mí.
CAIMÁNBien puede ser que te quiera,
pero más quiere a Cleopatra.
IRENEMientes.
CAIMÁN   Y porque agradezcas
mi lealtad...
IRENE   Habla, ¿qué aguardas?
CAIMÁNUn mes ha que en esta selva
estoy escondido, sólo
porque dije en su presencia
que ¿por qué hacía contigo
una ingratitud tan fea...
IRENE¿Te quiso dar muerte?
CAIMÁN   Sí.
IRENEY dime, ¿sabe la Reina
que es Marco Antonio mi esposo?
CAIMÁNNo lo sabe.
IRENE   Pues no creas
que ella le quiere.
CAIMÁN   Señora,
sí le querrá; porque, él y ella,
él está por ella ciego,
y ella por él está tuerta.
Ya estaba para decirle...
OCTAVIANOCalla, cobarde, la lengua.
CAIMÁNPues yo me voy, déjame
volver a buscarle.
OCTAVIANO   Espera;
¿y adónde está Marco Antonio?
CAIMÁNEstará de aquí dos leguas
en una quinta, a quien baten
del mar las olas soberbias.
OCTAVIANO¿Sabrás guiarnos?
CAIMÁN   Sí sé.
OCTAVIANOPues por las puras estrellas
que errantemente volando

son celestiales cornejas,
pues siendo del sol su luz
dan luz con la luz ajena...
IRENEPor esa antorcha segunda,
que ya pálida o serena,
oscurece siempre viva,
está ardiendo siempre muerta,
que he de dar sangrienta muerte...
OCTAVIANOQue he de dar la muerte fiera
al ingrato amigo...
IRENE   Al falso
burlador de mi belleza.
OCTAVIANOFálteme la luz del día.
IRENEEl centro no me consienta.
OCTAVIANOLos cuchillos de hambre y sed
no me maten y me hieran.
IRENESol y luna me amenacen.
OCTAVIANONo me alumbren las estrellas
hasta que en su roja sangre...
IRENEHasta que hidrópica beba...
OCTAVIANOApaguen su sed mis iras.
IRENEEl rojo humor de sus venas.
OCTAVIANOMuera Antonio.
IRENE   Muera Antonio.
LÉPIDOSupuesto que es una mesma
causa la que de los dos,
tú puedes marchar por tierra
y yo por el mar ahora
sitiaré la quinta.
OCTAVIANO   Ea,
Lépido, mi sólo amigo,
a embarcar.
LÉPIDO   Desde hoy empiezan
a vengarse mis desdenes.
IRENEToca a marchar.
LÉPIDO   Toca a leva;
muerto Antonio, será mía
Irene, aunque amor no quiera.   (Vase.)
OCTAVIANOVe delante.
CAIMÁN   Ya yo voy,

seguidme.   (Vase.)
OCTAVIANO   Irene, ¿qué esperas?
IRENESeguiré tus pasos.
OCTAVIANO   Ven.
IRENETu mismo enojo me alienta.
OCTAVIANOMuera ese traidor amigo
que a los dos ofende.
IRENE   Muera.
OCTAVIANOCelos y agravios me irritan.
IRENEVenganza y celos me llevan.
OCTAVIANONinguno fíe en amigo.
IRENENinguno en amantes crea.

Salen por una puerta LELIO y CLEOPATRA; por otra puerta MARCO
ANTONIO y OCTAVIO, capitán.

CLEOPATRADejadme, Lelio.
LELIO   Señora,
mire vuestra majestad...
MARCO ANTONIODejadme, Octavio.
OCTAVIO   Mirad...
LELIONo os dejéis llevar ahora
de una amorosa pasión.
CLEOPATRAYa os digo que me dejéis.
MARCO ANTONIOIdos.
OCTAVIO   A Octaviano hacéis
una ofensa, una traición.
LELIOQue han de quitaros, pensad,
el reino.
CLEOPATRA   Eso solicito;
nunca reine yo en Egito
y reine en mi voluntad.
Esta es mi resolución.
OCTAVIOTú, brazo de Febo y Marte,
¿del amor dejas llevarte?
MARCO ANTONIODices bien, tienes razón.
LELIOTú, que investaste el desdén
¿sujeta al amor tirano?
OCTAVIO¿Tú enemigo de Octaviano?
CLEOPATRABien me dices.

MARCO ANTONIO   Dices bien.

LELIOEl reino es más poderoso.

OCTAVIOMira que Irene podría...

MARCO ANTONIONo será Cleopatra mía.

CLEOPATRANo será Antonio mi esposo.

OCTAVIOQue han de dar la muerte advierte,

a Cleopatra tus soldados.

LELIOTus soldados conjurados

a Antonio quieren dar muerte.

CLEOPATRA¿Como a tu advertencia tardo...

MARCO ANTONIOTomar tu consejo quiero.

CLEOPATRAVete, Lelio.

LELIO   Aquí te espero.   (Vase.)

MARCO ANTONIOVete, Octavio

OCTAVIO   Aquí te aguardo.   (Vase.)

MARCO ANTONIO(Ap.) Temple el valor este fuego.

CLEOPATRA(Ap.) Hoy este volcán reprimo.

MARCO ANTONIO(Ap.) Esto ha de ser, yo me animo.

CLEOPATRA(Ap. Si esto ha de ser, yo me llego.)

Marco Antonio, honor de Europa,

infelice dueño mío,

espejo en quien se aliñaron

mis potencias y sentidos;

ya sabes que desde el día

que te vi quedó rendido

mi valor tanto a tu fama,

tanto a tu amor mi retiro,

mi desdén tanto a tu queja,

tanto a tu fe mi albedrío,

que en quererte y no quererte,

ya abrasados o ya tibios

los hizo estar más amantes

el mismo estar más remisos.

Y en un jardín una noche

que con sueño cristalino,

para murmurarnos luego

se hizo un arroyo dormido,

obligándome con ansias,

quejándote con cariños.

Atreviéndote con miedos,

llegándote con desvíos;
al verme a mí con desdenes
usados y no sentidos,
anduviste tan cortés
que no pareciste fino;
y aunque respeto es amor,
dije acá para conmigo:
el amor que está muy ciego
no es amor, que está muy vivo;
desde entonces, desde entonces,
mi memoria es mi enemigo,
no sé qué veneno al alma
se me entró de haberte oído;
que quejas a media voz
son los mayores hechizos,
pues mis ojos, que son tuyos,
envidiosos de haber visto
que no entrase amor por ellos
y entrase por los oídos,
con el oído trocaron
un sentido a otro sentido,
tanto, que oigo por los ojos
y miro por los oídos.
tú dijiste que me amabas;
yo te adoro, ya lo digo;
y aunque hago mucho en quererte
vengo a hacer más en decirlo.
ya, pues, cuando nuestro amor,
con estar muy ciego, quiso
que enmiende ciego himeneo
lo que erró sabio Cupido;
contra mí el reino conspira,
que es ley antigua en Egipto
que no puedan los romanos
casarse con los egipcios.
Y como violar no puedo
los estatutos antiguos,
y a tu vida, que es la mía,
amenazan dos peligros,
de perderte y de perderme,

una muerte y dos martirios;
vengo a rogarte, Señor,
con el llanto cristalino
que a mis temores congelo
y a tus ardores derrito,
que te vuelvas a tu reino,
que así por mi vida miro,
pues no puedo yo morir
sabiendo que tú estás vivo.
¡Oh, mal haya el cazador
que en el recatado nido
las tórtolas espantó
que amor unió pico a pico!
¡Mal haya el que astuto sabe
para que fallezca limpio,
poner en la verde gruta
lazos de arena al armiño!
huye, Señor, huye Antonio,
fía a los vientos el lino,
que si te faltaren ellos,
yo te enviaré mis suspiros.
Darte la muerte pretenden
mis vasallos ofendidos;
yo te pierdo, yo te adoro.
MARCO ANTONIOSeñora...
CLEOPATRA   Ten el cuchillo
de tu voz, no me atraviesen
tus pasiones los sentidos,
que la venda de los ojos
me la pasaré al oído.
MARCO ANTONIO¡Ay rosa, que brotó el Mayo
entre sangrientos espinos,
que ha enfermado de la noche
y no sanó del rocío!
¡Pluguiera a tus dulces ojos,
dioses que idolatro míos,
a cuyas aras rendí
deseos por sacrificios,
que ese fuese sólo el mal
que yo siento!

CLEOPATRA   ¿Más activo
dolor que haber de perderme,
si quererte determino?
MARCO ANTONIO Ese mal tiene el remedio
dentro del mismo peligro.
si tienes para vasallos
a mi amor y a mi albedrío,
sustituye la corona
de Alejandría y Egipto,
a la de Roma que yo
pusiera a tus pies invictos,
si a no haber un grande riesgo,
huyendo a Roma conmigo
pudieras...
CLEOPATRA   ¿Mayor dolor,
más vivos tiene los filos
este cuchillo que dices?
Responde, Antonio.
MARCO ANTONIO   Más vivos...
CLEOPATRA Acaba, refiere el riesgo,
¿en qué te suspendes?
MARCO ANTONIO   Digo
que Octaviano, ¡quién pudiera
decirtelo sin decirlo,
te quiere, y que yo te adoro,
que es mi amigo y yo su amigo,
que me ha fiado su amor,
que a Alejandría ha venido
a conquistar tu belleza;
y yo el conquistado he sido;
que será traición quererte,
que no quererte es delito,
que Irene, su hermana, es
mi esposa, que si prosigo
en solicitar tus ojos,
por cuyas luces respiro,
mis propios soldados son
los mayores enemigos,
si llevarte quiero a Roma
mi ruina solicito,

pues vengo a ser, si lo miras,
con los dos a un tiempo mismo,
con Irene, falso amante,
y con él, traidor amigo;
irme a los brazos de Irene
es morir en fuego tibio;
ir de Octaviano a la queja
es confesar mi delito;
a mí tus vasallos quieren
darme la muerte ofendidos,
irritados solicitan
darte la muerte los míos;
seguir tu amor es delito;
no quererte es inconstancia,
irme sin ti es darme muerte,
muerte es quedarme contigo,
pues qué he de hacer me aconseja
en extremos tan precisos,
pues quedándome te pierdo,
y yéndome te he perdido.
CLEOPATRA Traidor, infame, villano,
romano, crüel, indigno
de adorar estos dos soles
que a tus ojos les permito,
de quien son devotamente
tantos corazones indios;
dime, ¿si desta hermosura
eres dueño tan preciso,
cómo atreviste tus lazos
para que no fuesen míos?
¿Cómo, ingrato, cómo pagas
cuando esta pasión te fío,
con unos celos villanos
un amor tan bien nacido?
Vivo yo, deidad humana,
diosa de los albedríos,
que pues celos me ocasionas
cuando mi amor significo,
que del puñal de los celos
has de estrenarte en los filos.

¿Tú no dices que no puedes,
no sé cómo lo repito,
dejar de querer a Irene?
Pues hoy de Octaviano admito
el amor para premiarle,
que pues tú mismo me has dicho
que falso adoras a Irene,
y que él me idolatra fino,
con dar a Octaviano el premio
te he de dar a ti el castigo,
MARCO ANTONIO¿Decirte que la aborrezco
es para tu amor delito?
CLEOPATRADecirme que eres su esposo,
es decir que la has querido.
MARCO ANTONIOY decir que a ti te adoro,
¿no es decir que a Irene olvido?
CLEOPATRANo me quieras; porque soy
tan vana, que no permito
que sea mi fino amante
el que no puede ser mío;
que aunque yo amante le adore
y él me adore más activo,
si de mis celos me abraso
de mi vanidad me entibio.
MARCO ANTONIOYo quise a Irene, mas fue
antes que te hubiese visto;
vi tu hermosura, y quedé
a tu hermosura rendido.
No se estimara a la luz
a no haber sombra; el sol mismo
a no venir tras la noche
no fuera tan peregrino.
¿Cómo estimará la rosa
quien no se estrenó en el lirio?
¿Cómo ha de extrañar el mar
quien no vio correr al río?
A no haber Diciembre helado,
¿qué fuera el Abril florido?
Todos los opuestos lucen
de los opuestos al viso,

la virtud virtud no fuera
a no ser contrario el vicio.
Luego a ti te está mejor,
que a otra sepa haber querido,
para que de aquella noche
seas el sol, seas del lirio
clavel, de la sombra luz,
Abril del Diciembre frío,
mar de aquel río, y en fin,
seáis las dos, cuando os miro,
ella invierno, lirio y sombra:
tú sol, mar, clavel y estío.
CLEOPATRAPues si has hallado la luz,
repudia la sombra.
MARCO ANTONIO   Digo,
que repudio la que llamas
mi dueño, y a ti te admito.
CLEOPATRAPues ya aborrezco a Octaviano.
MARCO ANTONIOYo no tengo más amigo
que a mi dama. Di, ¿qué haremos?
CLEOPATRAQue huyendo los dos de Egipto,
por las provincias del Asia
apelemos al asilo
de los montes, y a que en ellos
nos den las grutas abrigo.
¿Qué reino como gozarte?
MARCO ANTONIOTu vasallo es mi albedrío;
huyamos, Cleopatra.
CLEOPATRA   Huyamos,
pues en lecho cristalino
descansa el sol del afán
con que visitó a los signos;
y pues de esa hermosa quinta
a este prado hemos salido
a quien le dispara el mar
trabucos de plumas rizos,
sobre las inquietas olas
de los vientos al arbitrio
visitemos las provincias
que el rumbo ha desconocido.

MARCO ANTONIOPues para que mis soldados
no te den muerte, es preciso
que vaya a avisar a Octavio
un capitán fidedigno
a quien fié este secreto
aquí has de esperarme.
CLEOPATRA   Hoy sigo
por el norte de tu amor
de tu verdad el camino.
¿Serás mi esposo?
MARCO ANTONIO   Sí soy;
¿Me quieres?
CLEOPATRA   Tanto, bien mío,
desde ahora que en cierta parte
me he holgado de haber tenido
celos, que con solo amor,
tanto mi amor se ha encendido,
que como quererte más
era solo mi destino,
les agradezco a mis celos
todo esto que más te estimo
MARCO ANTONIOY yo, Cleopatra, me huelgo
de haberte también oído
que a Octaviano has de querer
si te ofendo, que si píos
los luceros me influyeren
que te olviden mis designios,
de miedo de que le quieras
te querré siempre conmigo.
CLEOPATRAPues aquí te espero, esposo,
vete; y de paso te digo,
que a mujer que quieras bien
no digas inadvertido
que hay otro que la pretende,
que amor es todo delirios,
y no hay mujer tan constante
(yo que lo soy te lo aviso),
que le pese que la quieran,
que hay unos celos creídos,
y por venganza o por tema

habrá mujer de capricho
que premiará al que la quiere
por triunfar del que ha querido.
MARCO ANTONIO¿No hay riesgos en tu constancia?
CLEOPATRAMi fe y mi amor son testigos.
MARCO ANTONIOA solo tu premio anhelo.
CLEOPATRASolo a tu consejo aspiro.
MARCO ANTONIOVoy al mar.
CLEOPATRA   Aquí te aguardo,
ve sin ruido.
MARCO ANTONIO   Ansí te sirvo.
CLEOPATRASin ti no quiero la vida.
MARCO ANTONIOVenga la muerte contigo.   (Vase.)
CLEOPATRAEn tanto que Marco Antonio
vuelve, en el frondoso sitio
que encubren aquellos sauces
de aquel arroyo narcisos,
quiero ocultarme, yo llego,
pero aquí siento ruido,
a estotra parte podré
ocultarme, si benignos
me permitieren los cielos
lograr los intentos míos.

Salen OCTAVIANO, IRENE y CAIMÁN.

CAIMÁNLlega paso y pisa quedo.
OCTAVIANOYa piso con tal primor
que los pasos de el valor
parece que los da el miedo.
CAIMÁNLa quinta es esta que os digo,
y aquesta donde idolatra
a tu enemiga Cleopatra
Marco Antonio, tu enemigo;
esta es su campaña amena,
y este es un monte eminente
a quien el mar obediente
besa las plantas de arena.
(Pisando quedo.)
IRENEBien mi industria se previene;

vengareme de un villano.
CAIMÁNLlega, César Octaviano,
llega, bellísima Irene.
CLEOPATRA¡Hay más infeliz estrella!
¡Más sospechas en que pene!
aquella voz dijo Irene,
Octaviano dijo aquella.
¿Cómo aquí, divinos cielos
mis contrarios han venido?
Luego dejará el oído
de encontrarse con los celos.
OCTAVIANODime, Caimán, ¿no fue aquí
donde osada y valerosa
me dio la batalla?
CAIMÁN   Sí.
OCTAVIANO¡Cielos, mis celos vengad!
IRENEPues la luna se escondió,
di, ¿por dónde podré yo
embestir a la ciudad?
que el vencimiento seguro
mis crueldades amenazan.
OCTAVIANO¿No ves que el aire embarazan
las presunciones del muro?
CAIMÁNPor estas sendas mayores
guíe tu enojo a tus pies;
porque en el prado que ves
hay más áspides que flores.
Por dónde pisas advierte,
lleva atentos los recelos.
IRENEMás áspides son mis celos
y no me han dado la muerte.
OCTAVIANOVarias voces ha escuchado
mi cuidadosa atención;
¿qué luces distantes son
las que se ven en el prado?
(Luces dentro.)
CAIMÁNEn día tan singular
tan común es la alegría,
que anda suelta Alejandría
y no hay quien la pueda atar.

A cuanto se ve de aquí
todo tu cuidado atienda;
allí hay música y merienda,
baile allí, juegos allí.
No hay quietud que no retoce,
aquel de ochenta, se pierde
por salir a darse un verde
con la muchacha de doce.
Mira aquella vieja lince
que con rostro arrebolado
sale a darse un colorado
con el muchacho de quince.
Ella hacer trampas intenta,
que ha de engañarle recelo;
¡oiga, el diablo del mozuelo,
que, bien juega a las setenta!
Aquella dama avestruz
tres digiere y a uno ama;
¡Oh, cuál será aquella dama,
pues aquel mata la luz!
¡Qué pocos galanes nones
olvida el amor crüel!
¡Qué mala razón da aquel
de haber hecho mil razones!
OCTAVIANOEntre estos frondosos ramos,
partos de la ruda arena,
una voz pienso que suena;
oigamos, Irene.
IRENE   Oigamos.
CANTAN   (Dentro.)
La Venus de Alejandría
y el romano más dichoso,
bebiéndose están amantes
las dos almas por los ojos.
De Octaviano, que es su amigo
faltó a la fe y al decoro,
que en estando el amor ciego
no ve al amistad tampoco.
OCTAVIANOPor eso indignado y fiero,
como es tanta mi pasión,

para esa ciega traición
traigo yo lince el acero.
CANTAN.   (Dentro.)
Repudió a Irene, su esposa,
en sus brazos amorosos:
ya es Antonio de Cleopatra
y ya es Cleopatra de Antonio.
IRENEPues vengarme dél espero;
Antonio aleve y tirano,
que si me faltó tu mano,
no me faltará mi acero.
CLEOPATRA¡Oh voz, corrige el error
con que irritas mis desvelos!
Si no sabes de mis celos,
¿por qué me cantas mi amor?
OCTAVIANOVoz, no penetres veloz
el uno y otro sentido.
IRENE¡Que se criase el oído
para sufrir esta voz!
OCTAVIANOLépido parece ya
que a las naves embistió.
IRENE¿Iré al muro?
OCTAVIANO   Irene, no.
(Fuego dentro.)
IRENEArdiendo la mar está
en llamas accidentales;
un volcán la playa es.
OCTAVIANOPues embistamos los tres
ciudad, quinta y mar iguales.
CAIMÁNYa es tiempo de huir.
IRENE   Tirano,
cobrar la venganza juro.
OCTAVIANOIrene, acomete al muro.
IRENEA abrasar la quinta, hermano.
OCTAVIANOPues con tus soldados parte;
ea, Irene, ve a embestir.
CAIMÁNEa, gran Caimán, a huir.
IRENEEa, Octaviano, a vengarte.
(Vanse los tres.)
CLEOPATRAEjército numeroso

ocupa la tierra y mar.
¿Adónde podré encontrar
a Marco Antonio, mi esposo?
Arde el mar en humo ciego
(Fuego dentro.)
¿Esposo? ¿Antonio? ¿Señor?
Mariposa es el amor
que va a morir en el fuego.
Aquí con nueva crueldad
mayor incendio te aviva.
OCTAVIANO   (Dentro.)
No quede persona viva,
toda la quinta abrasad.
CLEOPATRAAllí Octaviano también
feliz vence y riguroso;
no fueras tú tan dichoso,
si yo te quisiera bien.
IRENE   (Dentro.)
Dar la venganza a los cielos
de mi traición aseguro.
CLEOPATRAIrene abrasa allí el muro,
fácil es, que lleva celos;
murió Antonio, que la herida
desta mi pasión advierte
que está cercana su muerte
pues que se acaba mi vida.
Ruego a los cielos, pues ya
no hay más riesgo en que pene,
que sea quien te hallare Irene,
que ella no te matará.
Otra vez quiero intentar
mover al viento veloz;
mas que no tengo ya voz
para poderle llamar.
¿Antonio? el hallarle ha sido   (Recio.)
En vano, no me oirá,
a la distancia que habrá
desde mi voz a su oído.
Todo en torno mío calla.
¿Antonio? ¿Esposo? ¿Señor?   (Recio.)

Sale MARCO ANTONIO con la espada desnuda.

MARCO ANTONIO¡Que pueda tanto mi amor
que dejase la batalla!
¿Que dejar vencida aguarde
mi gente, y que amor intente
hacer cobarde al valiente
si hizo al valiente cobarde?
Su voz oí, y mi dolor
es el que me hace volver:
o esta voz debe de ser
conjetura del temor.
Mas para librar su vida
dejo, allí la he de librar,
en las orillas del mar
una nave prevenida.
¿Cleopatra?
CLEOPATRA   ¿Antonio?
(A la par estas dos voces, con que no se oye ninguno.)
Yo he oído
mi nombre al viento veloz;
¡qué infeliz anda mi voz,
pues la embaraza mi oído!
MARCO ANTONIOAdonde mis voces van
otras se impiden veloces.
CLEOPATRAOtra vez pruebo las voces.
(A la par.)
MARCO ANTONIO¿Cleopatra?
CLEOPATRA   ¿Antonio?

Salen LELIO y OCTAVIO, capitán, con dos hachas.
LOS DOS
                         Aquí están.
CLEOPATRA¿Esposo?
MARCO ANTONIO   Norte a quien sigo...
CLEOPATRA¿Lelio?
MARCO ANTONIO   ¿Octavio?
OCTAVIO   ¿Cómo aquí?
CLEOPATRA¿Vienes a buscarme?

LELIO   Sí.
OCTAVIOVen conmigo.
LELIO   Ven conmigo.
CLEOPATRA¡Qué riesgo!
MARCO ANTONIO   ¡Qué pena igual!
CLEOPATRAAl que he sentido...
MARCO ANTONIO   Al que lloro...
CLEOPATRAAl que he dudado...
MARCO ANTONIO   Al que ignoro...
OCTAVIOMayor daño...
LELIO   Mayor mal...
MARCO ANTONIOSi espera la nave allí,
seré amante el más dichoso.
CLEOPATRASi puedo huir con mi esposo,
no hay desdicha para mí.
OCTAVIODe Lépido a la crueldad
la nave vino a abrasarse.

(El uno habla con CLEOPATRA, y el otro con MARCO ANTONIO.)

LELIOLa ciudad quiere entregarse
si no entras en la ciudad;
mira que están conjurados.
OCTAVIOHaz que tu valor se aliente.
MARCO ANTONIOVamos a ayudar tu gente.
CLEOPATRAVen a ayudar tus soldados.
LELIOAdvierte, Señor...
OCTAVIO   Advierte...
LELIOQue si tu amor la idolatra...
OCTAVIOQue han de dar muerte a Cleopatra.
LELIOQue han de dar a Antonio muerte.
CLEOPATRADonde tú fueres, es bien
que yo muera valerosa.
MARCO ANTONIOAdonde fuere mi esposa
tengo de morir también.
LELIOSane agora tu valor
esta penetrante herida.
OCTAVIONo hacer caso de la vida
es no estimar el amor.
LELIODiez mil hombres tu ira tiene.

OCTAVIODos mil soldados te esperan.
MARCO ANTONIOLépido y Irene mueran.
CLEOPATRAMuera Octaviano y Irene.
MARCO ANTONIONo quiero, esposa, pues arde
en mi esta ira prudente,
si me has querido valiente,
que me aborrezcas cobarde.
CLEOPATRANi yo he de querer ahora,
puesto que importa mi vida,
que me aborezcas vencida
pues me amaste vencedora.
OCTAVIOPues de tu triunfo blasona.
LELIODefiende tu muro pues.
MARCO ANTONIOYo pondré el mundo a tus pies.
CLEOPATRAYo en tus sienes mi corona.
MARCO ANTONIOEa, valiente deidad.
CLEOPATRAPues ea, Antonio valiente,
ve a socorrer a tu gente.
MARCO ANTONIOVe a socorrer tu ciudad.
CLEOPATRAPues voyme, si esto ha de ser.
MARCO ANTONIODigo, que voy temeroso.
CLEOPATRAHabla, ¿qué temes, esposo?
MARCO ANTONIOTemo que no te he de ver,
que somos tan desdichados...
CLEOPATRAMi constancia te aseguro.
LELIOMirad que se rinde el muro.
OCTAVIOMira que huyen tus soldados.
MARCO ANTONIOValor este acero tiene.
CLEOPATRAYa sabe vencer mi mano.
MARCO ANTONIOMira no te halle Octaviano.
CLEOPATRAMira no encuentres a Irene.
OCTAVIOOctaviano allí se advierte.
LELIOIrene allí va a embestir.
MARCO ANTONIOPues a matar o morir.
CLEOPATRAA matar o a darme muerte.
MARCO ANTONIO¡Amor, hazme venturoso!
CLEOPATRA¡Celos, hacedme dichosa!
MARCO ANTONIOEl cielo te guarde, esposa.
CLEOPATRAEl cielo te guarde, esposo.

JORNADA TERCERA

(Al ruido de guerra tocan al arma, y dicen dentro.)

LIBIAMuera César Octaviano.
IRENELa reina Cleopatra muera.
CLEOPATRADad la muerte a Irene fiera.
MARCO ANTONIOMuera Lépido, el romano.
OCTAVIANOHoy probará mi castigo.
IRENEMonte y prado y ciudad arda.
OCTAVIANONo huyas, soldado, aguarda.
CAIMÁNNo puedo yo más conmigo.
IRENEVuelve a la batalla pues.
OCTAVIANOSi no quieres embestir,
haz fuerza para no huir.
CAIMÁNSeñor, se me van los pies.
OCTAVIANOLépido va derrotado.

Sale CAIMÁN.

CAIMÁNA socorrerle me arrojo;
en no siendo un hombre cojo,
muy bien puede ser soldado;
el monte mi abrigo es,
un ave soy por mi mal
que nadie la ha visto tal,
que soy gallina montés;
callando aquí como un monje
la lid sangrienta veré,
no hay mayor contento que
ver una batalla a longe;
del que embiste y se retira
aquí daré testimonio;
lindo tahúr es Antonio,
con todo el mundo se tira;   (Tocan.)
Octaviano, airado y ciego,

tira, aunque más la idolatra
a la gente de Cleopatra
cuchillada de manchego;
mas Irene el suyo atiza,
y Cleopatra, ¡mal osados!
con dos mil huevos soldados
ha de dar en la ceniza,
Lépido volcanes fragua,
en el mar, Alcides nuevo,
también es soldado huevo,
que anda pasado por agua
Antonio en su capitana,
porque su gente se aburra,
les da una famosa zurra
encima de la badana;
yo rabio, yo me endemonio,
que ya no tengo temor
por ir, pues va vencedor,
a ayudar a Marco Antonio;
pero Caimán, ten sosiego,
oye agora, mira y calla,
que es vinagre una batalla
y suele torcerse luego;
pero súplanme este error
por esta verdad divina;
verdad es que soy gallina,
mas para eso soy traidor;
pues ser gallina no dudes,
Caimán, sigue tu ejercicio,
que no te importa este vicio
teniendo estotras virtudes;
de Irene allí la crueldad
ninguna crueldad iguala,
y sin pagar alcabala
se va entrando en la ciudad
la vitoria tiene cierta;
Antonio, y Cleopatra, airada,   (Tocan.)
pienso que la ha hecho cerrada,
y Octaviano la ha hecho abierta;
y en la ciudad con tal brío

entra, y tal resolución,
como juez de comisión
en lugar de señorío;
ya está echado el primer fallo;
famosa ocasión perdí;
la reina Cleopatra allí
viene huyendo en un caballo
hacia este monte: recelo
que huye también como yo;
el caballo tropezó;
matose.

Sale CLEOPATRA, tropezando con arco y flechas.

CLEOPATRA   ¡Válgame el cielo!
CAIMÁNLevanta, Reina, si quieres
librarte.
CLEOPATRA   ¿Quién eres, di?
CAIMÁNUn hombre que estaba aquí
esperando a que cayeras.
CLEOPATRADi en la arena: más dichosa
no ha podido ser mi suerte.
CAIMÁNPor poco das con la muerte.
CLEOPATRANo soy yo tan venturosa;
dejadme, cielos, que pene
con sentimiento inhumano,
no que me venza Octaviano,
sino que me venza Irene;
mas si Antonio con rigor
aborrece tu beldad,
triunfa tú de mi ciudad
y triunfe yo de su amor.
¿Hombre?
CAIMÁN   Caimán soy.
CLEOPATRA   ¿Tú eres?
¿Dónde está Antonio?
CAIMÁN   En el mar,
y a tu lado me has de hallar
para huir donde quisieres.
CLEOPATRADi si ha vencido, si sabes

dar a mi mal un remedio.
CAIMÁN	A Lépido abrió por medio
una docena de naves.
CLEOPATRA	De sangre el campo se baña
CAIMÁN.	Mis enemigos mayores
hoy se han vuelto corredores,
no de lonja, de campaña.
CLEOPATRA	Ya parece que triunfante
le está el prado obedeciendo
CAIMÁN	Si no es los que van huyendo,
nadie se pone delante.
CLEOPATRA	Pues irme con él espero
a templar esta pasión,
pues tan dichosa ocasión
me ha querido dar el cielo;
no pudo la suerte agora
trocar su curso enemigo;
Antonio, ya voy contigo.
CAIMÁN	Oye, espérate, Señora.
CLEOPATRA	No se pase mi fortuna;
tenerme piensas en vano.
CAIMÁN	Las escuadras de Octaviano
le acometen una a una.
CLEOPATRA	Pues yo le voy a ayudar
que así mi vida remedio.
CAIMÁN	Irene se ha puesto en medio
y ya no puedes pasar.
CLEOPATRA	Yo voy.
CAIMÁN	 Detente, Señora,
que es ya tu muerte precisa,
y no es la vida camisa
que se muda cada hora.
CLEOPATRA	¡Oh fortuna, cómo irritas
con lo que obligado estás!
Si has de quitar lo que das,
¿para qué das lo que quitas?
Mi deseo, dulce esposo,
es quien malogra tu suerte,
¡quien pudiera aborrecerte
para hacerte venturoso!

La fortuna se ha trocado,
¡oh cielos, siempre enemigos!
MARCO ANTONIO   (Dentro.)
No huyáis, soldados amigos.
CAIMÁNSí huyáis, amigos soldados
alguna flecha veloz
mira no te encuentre acaso.
IRENE   (Dentro.)
Atajad a Antonio el paso.
CLEOPATRA¿Qué flecha como esta voz?
CAIMÁNEntrarme en la lid prevengo,
si antes corrí como galgo,
y ahora que ha escampado salgo,
que yo con quien vengo vengo.
¡Viva Irene y Octaviano!
CLEOPATRA¡Quién te pudiera matar!
Irene quiere atajar
en la orilla del mar cano
a Antonio; ¡fuerte pasión!
¡Oh cielos, quién la matara!
¡Oh si esta flecha acertara
al blanco del corazón!
(Dispara una flecha al vestuario.)
Mas la indignación erró
de mi ira mal satisfecha
a Irene tiré la flecha,
y a Marco Antonio acertó.
¡Mayor pena, más dolor!
¿Que permitiesen los cielos
que la tirase a los celos,
y me diese en el amor?
En el suelo cayó herido,
y Irene matarle quiere,
y no le halla; si valiere
desta leona el bramido,
más amorosa, más fiera
le voy a resucitar,
o he de arrojarme en el mar
si le ha dado muerte.

Al entrarse sale MARCO ANTONIO, con la espada quebrada y herido con una flecha.

MARCO ANTONIO   Espera,
el llanto y la pena deja,
que tu dolor aconseja,
dulce y airada homicida,
que si enfermé de tu herida,
ya he sanado de tu queja.
¿Tú eres quien me heriste?
CLEOPATRA   Sí,
primero muriera aquí.
MARCO ANTONIOPues cuándo, si lo reparas,
las flechas que tú disparas
no me han penetrado a mí?
CLEOPATRAVenciome Octaviano airado.
MARCO ANTONIOIrene de mí ha triunfado.
CLEOPATRA¡Oh fortuna rigurosa!
tú me has hecho más hermosa,
y yo a ti más desdichado.
MARCO ANTONIO¡Airado el cielo maldiga
la cruel mano enemiga
del villano labrador
que no perdonó la flor
yendo a castigar la espiga
CLEOPATRAPues mi fortuna no medra,
no tenga en la suya medra
el que degolló arrogante
al olmo verde gigante
por las culpas de la hiedra.
MARCO ANTONIOMátele otra fiera ardiente
al que cautelosamente
estorbó fiero animal
la fatiga del panal
a la abeja diligente.
CLEOPATRAEn fin, ¿por mi causa mueres?
MARCO ANTONIOTú mi suerte y mi luz eres;
esa es, Cleopatra, mi dicha.
CLEOPATRAEn que tienes mi desdicha
echo de ver que me quieres.

OCTAVIANO   (Dentro.)
Buscadla en el monte.
IRENE   (Dentro.)
Al llano.
MARCO ANTONIOEscaparnos es en vano.
OCTAVIANO   (Dentro.)
Antonio entró en la espesura.
CLEOPATRAAllí Irene te procura.
MARCO ANTONIOAllí te busca Octaviano.
CLEOPATRAPues desde esta roca quiero
arrojarme al mar primero,
porque mi valor me esfuerza
a no rendirme a una fuerza,
ya que me rendí a un acero.
MARCO ANTONIOPues para que mi enemigo,
cuando tus dos soles sigo,
no pruebe en su amor sus lazos,
esposa, dame los brazos,
que voy a morir contigo.
CLEOPATRALa mar nos guarda espumosa.
MARCO ANTONIO¡Suerte hay más rigurosa!
CLEOPATRA¡Amor el más inhumano!
ea, ¿no me das la mano?
MARCO ANTONIOY el alma con ella, esposa.
CLEOPATRADi, ¡quién puede ser aquel
que estorbe amor tan fiel?
MARCO ANTONIO¿Quién impedirá este amor?
(Vanse a abrazar.)

Salen por dos puertas IRENE y OCTAVIANO, y toma IRENE de la mano
a MARCO ANTONIO, y OCTAVIANO a CLEOPATRA.

IRENEYo le impediré, traidor.
OCTAVIANOYo lo estorbaré, cruel.
MARCO ANTONIO¿Hay más riesgos en que pene?
CLEOPATRASiempre un mal tras otro viene.
MARCO ANTONIOQuejareme a amor tirano.
CLEOPATRASuéltame, César, la mano.
MARCO ANTONIOSuéltame la mano, Irene
OCTAVIANOIngrata, a la luz que bella,

si en tu mano está mi estrella,
con ella me he de vengar.
(Sacan las dagas IRENE y OCTAVIANO.)
IRENEMi mano te he de dejar
para matarte con ella.
OCTAVIANOMuera un amigo que fue.
IRENEMuera este traidor que ha hecho...
OCTAVIANODetén, Irene, el puñal.
IRENESuspende, hermano, el acero.
OCTAVIANOYo he de dar la muerte a Antonio,
cobrar la venganza debo
de una traición y un agravio
de mi amor.
IRENE   Yo de un desprecio.
MARCO ANTONIODadme a un tiempo los dos muerte,
que aunque os indignéis, sospecho
que no me podréis matar
sólo porque lo deseo.
CLEOPATRAPues ya que darle una muerte
intentéis, yo os aconsejo,
que Irene dé muerte a Antonio,
y a mi Octaviano, que es cierto,
que quien a mí me dé muerte,
da muerte a Antonio, supuesto
que son mi vida y la suya
una vida en dos sujetos;
pues en las dos vuestras vidas
aprovechen el acero;
en él, porque te ha ofendido,
y en mí porque te aborrezco.
OCTAVIANOTú, Cleopatra, me aborreces
por estrella, y yo no puedo
hacer que me quieras bien;
pero puedo, por lo menos,
dar muerte a un traidor amigo
que al fiarle mis secretos
traidor del alma usurpó
los tesoros de mi pecho;
si le doy la muerte airado,
de mí es de quien más me vengo,

pues dándote a ti la muerte
me doy la muerte a mí mesmo:
pues él muera y vive tú,
pues desta suerte aprovecho
a mi amor esta experiencia
y a su traición este ejemplo
muere, infame.
IRENE   Tente, aguarda.
Mi esposo es este y mi dueño,
y pues de su amor te acuerdas,
acuérdate de mis celos;
Cleopatra muera y él viva,
quítale tú este contento
de ver que vive quien quiere,
y déjame este consuelo,
que con quitarle la vida
no me evitas el desprecio;
muera de mí despreciado
el falso Antonio viviendo,
perdona tú su traición.
Que no estarás satisfecho
tanto en matar un traidor
como en que conozca el pueblo
que hiciste, como quien eres,
si él como traidor ha hecho.
MARCO ANTONIODareme yo a mí la muerte.
OCTAVIANOTraidor, falso compañero,
ya que hiciste la traición
no confieses que la has hecho.
CLEOPATRA¿Pues qué traición hizo Antonio
en quererme? ¿puede él mesmo
hacer violencia a su estrella?
OCTAVIANONo; mas puede hacer esfuerzos
para no amarte, y Antonio
te adora con tanto exceso
que sacrifica a tu oído
las víctimas del silencio.
IRENEY di, contra mi belleza,
¿cómo atreviste el desprecio
de procurar estos lazos,

que tú procuraste estrechos?
MARCO ANTONIOEl ejemplo está a los ojos,
si quieres ver el ejemplo;
nace ciego un hombre y oye
decir que hay sol en el cielo,
cobra de noche la vista,
y al cobrarla, lo primero
que ve en el cielo es la luna;
este es el sol, dice luego,
que tan hermoso le tuve
presumido en mi concepto;
sale luego el sol hermoso,
y al mirar sus rayos bellos
todo un sentido le deja
de admiraciones suspenso;
olvídase de la luna,
y al ver sus rayos primeros
repudia como confusos
los que idolatró serenos;
ciego fui, cobré la vista,
luna fuiste de mi cielo,
juzguete sol por entonces,
salió otro sol más perfecto;
yo te admiré, no lo dudo,
rayos tienes, no lo niego,
tiénelos el sol más claros;
y así, Irene, ten por cierto
que he de adorar este sol
o he de volverme a ser ciego.
IRENEYo te quitaré los ojos.
OCTAVIANOTente, que vengarme espero
con la más nueva venganza,
con el más raro tormento
que puede humana pasión
aconsejar al desprecio;
en ese hermoso castillo,
antes de Egipto, y ya nuestro,
de ti el más cruel alcaide
será Antonio el prisionero;
yo a la tienda de campaña

que en ese monte soberbio
la defienden de la vista
las murallas de esos fresnos,
quiero llevarme a Cleopatra,
donde a los cielos prometo
hacerla posible mía,
a la violencia o al ruego;
tú harás que segunda vez
te solicite tu dueño
dando en decentes disculpas
amorosos escarmientos;
si él, negado a tus pasiones,
si ella, esquiva a mis afectos.
ni él reduce su inconstancia
ni ella templare mi incendio,
mueran ausentes los dos
al cuchillo de los celos,
pues ve ella que tú le adoras
y él sabe que yo la quiero;
no hay amante que no sea
desconfiado, y así es cierto
que Cleopatra ha de pensar,
si tiene el amor atento,
que es fácil volver a amar
lo que se adoró primero;
y él presumirá también,
si como es amante es cuerdo,
que hará tal vez la porfía
lo que no hiciera el deseo
su desconfianza los hiera,
no el puñal los mate luego,
que tiene muy embotados
la sospecha los aceros;
y ya que esto no se logre
no se gocen por lo menos
la dolencia de no verse
escarmiente su amor ciego;
limite tiene el amor,
término tiene su imperio,
mudanza hay en sol y luna,

variedad en los luceros
mañana aborrecerá
Lo que agora está queriendo,
y él podrá ser que se acuerde
de la que le quiso un tiempo;
con que vendremos los cuatro
yo a vivir con el consuelo
de procurar dueño mío
al que he consultado ajeno;
tú a vengarte de una ofensa,
él a adolecer de un miedo,
yo a sanar de una esperanza
y ella a morir de unos celos.
IRENEBien dices, ven al castillo.
CLEOPATRAÉchaste a perder con eso,
que le tengo más amor
en viendo que no le tengo.
OCTAVIANOVen a mi tienda.
MARCO ANTONIO			¿Qué importa
querer apartar el fuego,
si el quererle hacer menor
es hacerle más inmenso?
OCTAVIANOEres traidor.
MARCO ANTONIO			Soy amante.
IRENEEres mi esclava.
CLEOPATRA			No puedo,
que Antonio, que es dueño mío,
me ha puesto en el alma hierros.
OCTAVIANO¿Qué se ha hecho tu fortuna?
IRENE¿Tu honestidad qué se ha hecho?
MARCO ANTONIO¿Pues cómo he de ser dichoso
si he confesado que quiero?
CLEOPATRA¿Cómo ha de tener templanza
quien tiene conocimiento?
OCTAVIANOMía serás.
CLEOPATRA		Soy de Antonio.
IRENESígueme.
MARCO ANTONIO			Morir deseo.
CLEOPATRAAdiós Antonio.
OCTAVIANO			No le hables.

MARCO ANTONIO¿Cleopatra?
IRENE   Quéjaste al viento.
OCTAVIANOYo rendiré su valor.
IRENEYo sabré templar su incendio.
CLEOPATRANo dudes de mi constancia.
MARCO ANTONIONo tengas de mí recelos.
IRENECuchillo hay para esa injuria.
OCTAVIANOPuñal hay para este esfuerzo
CLEOPATRATuya soy, esposo mío.
MARCO ANTONIOTuvo soy, infeliz dueño.
(Vanse ANTONIO y IRENE por una parte, y los dos por otra.)
SARGENTO   (Dentro.)
Vaya el gallina a la playa,

que en el rancho no ha de estar;

váyase el galgo a cazar.

Salen SARGENTO y CAIMÁN

CAIMÁNVaya norabuena.
SARGENTO   Vaya,
vaya el que huyó en la presencia
de todos.
CAIMÁN   Señores, quedo;
tomé por purga ruimiedo,
y diome luego correncia.
SARGENTOLa liebre se vaya al prado,
que allí hay bien donde correr.
CAIMÁNPor eso no puede ser
un hombre de bien soldado;
señores, no huí de vicio,
y culparme no es razón,
estaba un poco holgachón
y fuime a hacer ejercicio.
SARGENTO¿Ha señor soldado brioma?
CAIMÁNSeñores soldados nuevos.
SARGENTOPóngame aquí un par de huevos.
CAIMÁNSí haré, como se los coma.
SARGENTOHuya usted.
CAIMÁN   Ya tengo cuenta;
desta playa quiero irme.

SARGENTOSeñor Caimán, ¿quieres huirme
una batalla a las treinta?
¿Saltamontes?
CAIMÁN   ¿Qué me quieres?
SARGENTO¿Saltamontes?   (Vase.)
CAIMÁN   Bueno está;
éste mi nombre será
para mientras yo viviere;
con muy honrado renombre
desta batalla he quedado.
¡Desdichado del soldado
a quien le ponen un nombre!
Pan un soldado pidió,
y a un amigo muy seguro
le dijo: ¿tenéis pan duro?
y pan duro se quedó;
dio con un chuzo un soldado
a otro un golpe, y otro habló,
¿con la punta? y dijo él, no,
con la porra le ha pegado
y fue tan grande la zorra
que todos con él tomaron,
que desde allí le llamaron
a una voz, daca la porra.
Entro por aquí, por ver
si aquí no soy conocido;
gente viene y hay gran ruido
(Escóndese.)

Salen LÉPIDO, LELIO y OCTAVIO.

LÉPIDODesta manera ha de ser,
atentamente escuchad.
OCTAVIO¿Lo que intentas no sabré?
LELIOHabla.
LÉPIDO   Yo os lo contaré,
pisad quedo y escuchad
ya sabéis que Marco Antonio
me venció en el mar salado,
y ya sabéis que por tierra

triunfó de Antonio Octaviano;
ya sabéis que quise a Irene.
LELIOFue influencia de los astros.
LÉPIDOPues viendo que ella desprecia
un amor que ha tantos años
que es roca a su residencia,
a su constancia peñasco;
vengo a hacer el mayor hecho
que en hojas de bronce y mármol
a la memoria esculpieron
Scipiones y Alejandros.
OCTAVIO¿Vienes a robar a Irene?
LÉPIDOYa mi amor está templado,
y no quiero yo mujer
que solicita otros brazos,
que cuando llegue a los míos,
si se acuerda del que ha amado,
será forzoso el cariño
y violento el agasajo.
LELIO¿Qué intentas?
LÉPIDO   Vengarme della,
y vengarme de Octaviano;
dél, porque le dio a su hermana,
della porque ha despreciado
mis finezas.
OCTAVIO   ¿De qué suerte?
LÉPIDOPisad quedo, y venid.
LELIO   Vamos.
LÉPIDOYo he de librar a Cleopatra
y Marco Antonio, si el hado
me permitiere benigno
ver mis intentos logrados.
OCTAVIO¿De qué suerte?
LÉPIDO   A ese castillo,
donde Irene está apostando
un ruego a una resistencia,
y una confianza a un agrado,
envié un soldado esta noche
que atrevidamente cauto
le diese a Antonio un papel

donde digo que le aguardo
en el mar con una nave
en que le ofrezco el amparo
de un amigo, si hay amigos
para un hombre desdichado;
joyas le envié también,
por si con ellas acaso
pudiese doblar las guardas,
y otro papel he enviado
a Cleopatra, y un vestido
de hombre, con que disfrazando
la voz y el traje, podrá
huir desde el monte al prado.
OCTAVIO¿Qué intentas con eso?
LÉPIDO   Intento,
que ni Irene ni Octaviano,
ni él logre aquel Etna ardiente,
ni ella aquel volcán helado;
para que todos a un tiempo
una experiencia tengamos
del fuego ella en que me quemo,
él del hielo en que me abraso,
yo de una venganza honrosa,
y porque no sean entrambos,
Cleopatra tan infeliz
ni Antonio tan desdichado.
LELIO¿Sabe Cleopatra que a Antonio
avisaste?
LÉPIDO   Ya han llegado
las dos espías, y dicen
que ya a los dos avisaron.
LELIO¿Saben el sitio en que aguardas?
LÉPIDOSí saben; con cien soldados
tú a Antonio en aquel margen
que riega ese arroyo manso,
y tú puedes a Cleopatra
esperar con otros tantos,
que yo parto a prevenir
la nave.
OCTAVIO   ¿Pues qué esperamos?

LELIOA obedecerte partimos.
OCTAVIOLey es en mí tu mandato.
LELIODébate Egipto ese triunfo.
OCTAVIODébate Roma ese aplauso.
LÉPIDODe Irene me he de vengar.
LELIOVengaraste de Octaviano.

(Vanse LELIO, LÉPIDO y OCTAVIO.)

CAIMÁN¿Qué he de hacer deste secreto,
que le tengo atravesado
en el corazón, y está
dando en el pecho mil saltos
por salirse? ¿pero yo
había de ser silbato?
ser ladrón, vaya, que en fin
es oficio aprovechado
ser gallina no es peor,
que como un hombre sea sano,
aunque ande con mil valientes
vivirá ducientos años;
pero soplón, eso no,
allá se lo haya Octaviano,
con sus celos se lo coma,
huyan los amantes caros,
que todo lo que es huir
cuando sea necesario
me parece a mí de perlas,
de diamantes y topacios;
ahora bien, en este suelo,
pues que la noche ha cerrado,
presumo dormir agora
tan rendido como largo;
que mi sargento me ha dicho
que he de hacer la posta al cuarto
postrero, y yo quiero agora
dormir en todo este ochavo;
aquí en la playa del mar
tengo de asentar mi rancho,
que corre aquí un vientecillo

tanto como yo, y es harto
sueño de marido pobre
tengo; ahora bien, durmamos,
que yo he cobrado ya fama
para estar durmiendo un año.

Sale CLEOPATRA, con un vestido de hombre debajo del brazo, en lo alto de un peñasco.

CLEOPATRACon lo oscuro de la noche
desta tienda de Octaviano
sin que su oído me atienda
he salido a este peñasco
a ponerme este vestido
de hombre, que Lépido ha enviado.
¡Qué callada está la noche!
¡El inquieto mar qué manso!
¡Esta maleza qué oscura!
¡Todo aquel monte qué opaco!
¿Cómo me podré librar?
Si irme en este traje aguardo,
no podré, que está cubierto
de centinelas el campo;
si aquí me estoy, es posible
que si despierta Octaviano
se malogre mi esperanza.
¿Qué haré, cielos soberanos,
pues tan cerca de la dicha,
tan lejos del bien me hallo?

Sale EL SARGENTO

SARGENTOAquí pienso que bajó
Caimán, y aunque le he avisado
que ha de hacer posta, sospecho
que se habrá ido; roncando
está en la playa. ¿Ha Caimán?
CAIMÁN¿Quién me llama?
SARGENTO   Yo le llamo;
venga a hacer la posta.

CAIMÁN   Posta,
tan bien como todos la hay
cuando me importa.
SARGENTO   Así es;
pero venga a hacer el cuarto
de la modorra.
CAIMÁN   ¿Qué nombre
es el que me da?
SARGENTO   Octaviano.
CLEOPATRA¿Octaviano dio por nombre?
CAIMÁNVamos, señor sargento.
SARGENTO   Vamos.
CAIMÁNSi a hacer la modorra voy,
yo me dormiré en llegando.
(Vanse el SARGENTO y CAIMÁN.)
CLEOPATRAParece que más propicio
quiere socorrerme el hado,
pues sé el nombre, sin mudarme
en el traje de hombre bajo,
y probaré esta fortuna;
sedme favorables, astros;
el sueño a Octaviano ocupa,
pues con este nombre, en tanto,
he de libertar un alma;
noche, infundidle letargos.   (Vase.)

Sale MARCO ANTONIO

MARCO ANTONIOVenció a las guardas el oro
salí del castillo al campo,
que el oro es llave que ha abierto
los alcázares más altos;
en este monte ha de estar
con cien soldados Octavio
esperando a que yo logre
este ardid, valor, huyamos.
¡Qué oscura yace la noche!
si leer procuro, los rayos
de la luz que escribió el sol,
no se ve en el aire un rasgo;

en el mar, el prado, el monte
lo sombra se ha amontonado,
y el concurso de las sombras
busca su primero caos.
¿Por dónde podré pasar
a aquel monte, que he pensado
que las centinelas mudas
han de corregir el paso?
Buscar por aquí procuro
una senda.   (Vase.)

Sale CLEOPATRA por el monte.

CLEOPATRA   Mar salado,
acógeme en tus espumas,
halle en tus aguas amparo
una infelice mujer;
bajé con el nombre al prado,
diéronme paso dos postas,
y a la tercera llegando
pidió el nombre; yo, que apenas
voy a pronunciarle, tardo,
y respondo Marco Antonio,
yendo a decir Octaviano;
que como este nombre estaba
en mi memoria grabado,
me olvidé del que aborrezco
y repetí el que idolatro;
en el puerto la esperanza,
que cuando el fuego disfrazo
la calentura de amor
saliese en voces al labio.
OCTAVIO   (Dentro.)
Cleopatra ha salido al monte,
seguidla todos, soldados.
CLEOPATRATodo el campo me ha sentido,
y ya despierto Octaviano
sale de la selva al monte;
éste el hecho más extraño
ha de ser que hayan oído

los egipcios y romanos;
vaya esta para la mar.

(Arroja la ropa y una basquiña a la mar.)
Ya arrastro un amor profano;
vaya a la mar este adorno
instrumento de mis daños;
sea este puñal aquí,
(Clava el puñal en el arena.)
de mi ruina el aparato,
y oiga el mundo mi constancia;
desta manera, tirano,
no podrás lograr tu amor,
recibame el mar salado
en sus salobres entrañas
y no me goce Octaviano.
(Hace como que se arroja, y éntrase.)
OCTAVIANO   (Dentro.)
Cleopatra al mar se arrojó;
bajad todos.

Sale MARCO ANTONIO

MARCO ANTONIO   ¡Ay de mí!
la voz de Cleopatra oí,
o el oído me engañó.
¿Si su amor constante o ciego
le quiso precipitar
porque apague todo un mar
lo que encendió todo un fuego?
ciertos como son mis males
mis evidencias serán,
que sin que haya viento están
moviéndose los cristales.
OCTAVIANO   (Dentro.)
En el mar está, sin duda;
de la tienda se ha arrojado.
MARCO ANTONIO¡Oh quién se hubiera quedado
solamente con la duda!

Salen OCTAVIANO y OCTAVIO, con un hacha encendida.

OCTAVIANOVenid a la playa.
OCTAVIO   Vamos.
OCTAVIANOQue aún no habrá mucho imagino.
MARCO ANTONIOSegunda vez me destino
al abrigo destos ramos;
(Escóndese.)
desde aquí escuchar podré
o mi victoria o mi muerte.
OCTAVIANO¡Hay más infelice suerte!
Sobre la espuma se ve
su vestido y el cendal
que fue nube a su hermosura.
OCTAVIOSobre esta lancha procura
manifestar el cristal
del abismo.
OCTAVIANO   Pues entremos;
déjate esa antorcha aquí;
muerta es Cleopatra ¡ay de mí!
pon a la lancha seis reinos,
busquémosla desta suerte.
OCTAVIOPues entra en la lancha.
(Vase, y dejan una hacha de tea arrimada a un peñasco.)
OCTAVIANO   Ven.
MARCO ANTONIOTuve un bien, y fue aquel bien
una señal de mi muerte;
ya murió Cleopatra bella,
ya el mar la habrá sepultado,
ya no soy más desdichado
que ya falleció mi estrella,
un bulto en el agua miro,
y agora es fuerza templar,
porque no se inquiete el mar,
el viento con que suspiro;
olas, mi amor ayudad,
haga mi piedad su oficio,

(Entra al vestuario, y saca una ropa de Cleopatra.)

iba a buscar un indicio,
y encontré con la verdad;
sólo me dio la mar pura
por seña de que murió
este adorno que sobró
a su infelice hermosura.
OCTAVIANO   (Dentro.)
No parece ya.
MARCO ANTONIO   ¡Oh dolor,
imposible de escuchar!
más feliz que yo es el mar
pues la ha guardado mejor;
busqué en el mar despojos
de una desdicha tan cierta;
ya sé que si ella está muerta,
que no la errarán mis ojos.

(Mira al vestuario, entra y saca unos cabellos.)

¡Ay mi Cleopatra, ay luz mía!
No parece en el abismo,
estatua soy de mí mismo.
¡Oh ejemplo de Alejandría!
¡Oh prodigio varonil
del más portentoso amor,
anegada y mustia flor
a las lluvias del Abril!
otro ejemplo soy igual,
y pues vivir es morir,
contigo voy a vivir
en el salobre cristal;
pero más mi pasión yerra,
yo propio me he de matar;
da tú un ejemplo a la mar,
y yo le daré a la tierra.
¡Ay esposa, ay firme amor!
Ea, darme la muerte quiero,
no traigo conmigo acero,
pero ya traigo dolor;
un sudor me cubre helado

y antes que muera, pues muero,
ir a que me maten quiero
los áspides deste prado.

(Va a entrar, y topa la daga de Cleopatra.)

El prado un acero fiero
ha producido a mi pena,
lágrimas sembré en la arena,
y ella produjo un acero.
(Toma el acero.)
Esta es la dicha primera
que dio mi estrella importuna,
no es poco que la fortuna
me haya dado con qué muera;
Cleopatra, luz a quien sigo,
aunque yo soy mi homicida,
hoy ha de empezar mi vida,
pues voy a morir contigo.
(Escribe en el arena.)
Dé la arena testimonio
de mi más felice suerte,
mi vida escribió en mi muerte;
aquí vive Marco Antonio.
Peñasco azul, parda arena,
cielo, aire, mar espumosa,
clavel, galán de la rosa,
jazmín, que amas la azucena;
Clicie, que al sol enamoras,
águila, que al sol te atreves,
garza, que los vientos bebes,
tórtola, que tu amor lloras;
peces, que el mar discurrís,
fieras, que el monte habitáis,
nubes, que el aire ocupáis,
peñas, que mi mal sufrís;
todos daréis testimonio
al que este amor no creyere
que aquí Marco Antonio muere
y aquí vive Marco Antonio.

(Dase una puñalada y cae muerto.)

Sale CLEOPATRA medio desnuda.

CLEOPATRAFingí que al mar me arrojaba,
y en una gruta silvestre
(bostezo que dio la tierra
de perezosa o estéril)
he estado hasta ahora oculta;
y porque todos creyesen
que di en el mar, un peñasco
para que las aguas suenen
arrojé del monte al mar;
y para que me creyesen,
esta seña de mi vida
para indicios de mi muerte;
esta defendida playa
de tantos árboles verdes,
a mi libertad deseada
seguridades ofrece;
porque los soldados todos,
y Octaviano, que los mueve,
buscan por el mar indicios
de mi ruina aparente;
«aquí Marco Antonio vive,»
dijo el aire, o es que quieren
lisonjear el oído
los vientos que al alba crecen.
IRENE   (Dentro.)
Antonio huyó del castillo,
seguidle todos, no quede
senda por todo ese monte
que el cuidado no penetre;
Lépido le habrá amparado.
CLEOPATRALa voz es esta de Irene,
Antonio huyó del castillo,
pidanme albricias las fuentes;
viva mi esposo y yo muera,
veré si la arena tiene
de sus plantas estampada

la señal; aquí parece
que varias plantas pisaron
ese nunca hollado albergue;
él huyó con los soldados
que le esperaban; hoy quiere
mi ya marchita esperanza
volverse a vestir de verde;
volverlas quiero a mirar,
esta playa a quien rebelde
en la brevedad de un día
el mar castiga dos veces:
sobre la no seca arena
grabada una línea tiene
que conserva la humedad
que le dejó la creciente.
(Lee.) «Aquí Marco Antonio vive,»
dice, seas segundo Fénix,
que cuando en mi llama mueras,
tu misma vida te herede.»
albricias me pedís, flores,
estos funestos cipreses,
en vez de estériles frutos
produzgan flores alegres.
Callad, agoreras aves,

(Topa con MARCO ANTONIO.)

pero en esta margen verde,
a quien este manso arroyo
de tanto aljófar guarnece,
yerto un cadáver distingo;
la sangre aún corre caliente,
para que la seca arena
de rojo coral se riegue.
Ver quiero si con la antorcha,
o bien yace o bien fallece.
(Toma la antorcha y mírale.)
¡Válgame el cielo! ¿Qué he visto?
¡Infelice yo mil veces,
que para herir con los males

me han amagado los bienes
¿Mi bien? ¿Mi esposo? ¿Señor?
¡Mal haya el acero aleve
que tu pecho de jazmines
le matizó de claveles!
Al sol que hermoseó la tierra
o por claro o por ardiente,
de la luna le eclipsaron
las turbias amarilleces.
Éste es mi acero, ¡ay de mí!
tú te has dado a ti la muerte;
mi queja al monte lastime;
mi voz en sus ecos quiebres.
y de mi fatal estrella
fieras y hombres se lamenten
(Échese en la arena.)
leona soy, que a bramidos
dar otra vida pretende
al hijuelo que en la gruta
toda la arena enrojece;
quebrado espejo, en quien ya
verse mis ojos no pueden,
leona soy, oye mi voz,
si tiene oídos la muerte;
desde mi pecho a mi labio
mi queja se desconcierte,
porque a este roto instrumento
todas mis voces disuenen;
contigo quiero morir,
Antonio, que es muy decente,
pues nos dio un aliento vida,
que un sepulcro nos celebre;
hermosa corte del Mayo
que de piadosa o de fértil
porque entre flores descansen
áspides sangrientos meces,
permite una de tus flores;
(Toma una flor, y quita della un áspid)
flor, permite que despierte
un áspid sólo de cuantos

a su encanto se adormecen
áspid, si hambriento te nombran,
en mis rojas venas prende,
porque hijo de mis iras
de mi sangre te alimentes.
(Pónese un áspid en un brazo y otro en otro.)
Cúmplase la maldición
de aquella mujer, y lleguen
a apasionar mis lamentos
los oídos más rebeldes.
¿Lépido, Irene, Octaviano?

Salen LÉPIDO, IRENE, OCTAVIANO, LELIO, CAIMÁN y todos.

OCTAVIANO¿Quién me llama?
IRENE   ¿Qué nos quieres?
CLEOPATRAYa Marco Antonio murió,
y ya Cleopatra fallece
en el jazmín de mis brazos
(Corre sangre de los brazos.)
ya el áspid rústico muerde;
Antonio fue la luz mía,
y al soplo del austro leve
se quedó en negra pavesa
la que era reliquia ardiente.
Irene, ya te has vengado;
aves, fieras, montes, peces,
ved este extremo de amor,
la edad esperada cuente
el ejemplo más constante
que dio el bronce a los pinceles.
Tuya soy, Antonio mío,
con parasismos anhele
esta llama a quien le falta
materia en que se alimente;
yo muero, y muero de amor,
volved a llorar, cipreses,
háganme exequias los mares,
corran lágrimas las fuentes,

y todos a una voz digan,
cuando mi ruina cuenten,
que aquí murió Marco Antonio
y que aquí Cleopatra muere.

(Cae muerta sobre MARCO ANTONIO.)

LÉPIDO¡Oh amante el más infeliz!
IRENEEn él mi amor escarmiente.
OCTAVIANOY aquí la comedia acaba;
si acaso perdón merece
el ingenio que la ha escrito,
hacedle el favor que siempre.